岩　波　現　代　文　庫

新版
一陽来復
中国古典に四季を味わう

井波律子
Ritsuko Inami

文芸 353

岩波書店

まえがき

本書『一陽来復　中国古典に四季を味わう』は、「四季おりおり――詩のある日々」と「今のこと、昔のこと――身辺の記」の二部からなるエッセイ集である。もともと第一部は二〇一〇年一月から二〇一三年一月まで、『読売新聞』夕刊に毎月一回(第一月曜)掲載されたものであり、第二部は二〇一二年一月から六月まで、『日本経済新聞』夕刊に毎週一回(水曜)掲載された。

実は、これらのエッセイを書いたのは、私にとって大きく生活環境が変わったターニングポイントともいうべき時節であった。私は二〇〇九年三月、三十五年にわたった勤め人生活に終止符を打ち、定年退職した。それから一か月もたたないうちに、ずっとともに暮してきた母が九十五歳で他界した。この二年あまり前から、母はじょじょに体調を崩すようになったが、いいお医者さんに恵まれ、心やさしく配慮してくださる方々に手伝ってもらって、なんとか勤めをつづけることができた。これからは時間もたっぷりあると思った矢先のことであり、しばらくは呆然として何も手がつかず、時間がたつにつれて、ますます母の不在が痛切に感じられるようになった。

そんなとき、ふと心ひかれたのは鉢植えの花木だった。それまでは植物にほとんど関心がなかったのに、近所にある若い女性の営む植木屋さんに足しげく通うようになり、四季おりおり、心ひかれる鉢植えの花木を買い求めるようになった。これらをベランダに並べ、しみじみ眺めていると、心がなごみ楽しい気分になった。季節のめぐりとともに、春はさまざまな梅、桜、桃、

牡丹(2012年4月撮影)

牡丹、夏はネムの木、ムクゲ、秋は菊、萩、冬は千両のような紅い実のなる木々と、鉢はじりじり増えつづけた。こうして春夏秋冬、とぎれなく継続する植物の生命力を実感すると、穏やかな幸福感をおぼえ、母もこの生命の流れのなかで、今も共生しているような気がしてきた。

本書に収められたエッセイは、こうして母が他界したショックが、花木の生命力を実感することにより、ゆるやかに癒されていく時間帯において書かれたものにほかならない。さらにまた、花木が告げる季節の推移を目の当たりにするうち、中国の古典詩や歳

時記に如実に著される四季おりおりの情景も、より身近なものとしてとらえられるようになった。ことに本書第一部のエッセイには、そうして心に響いた詩文も数多く収めている。

　中国古典詩の流れにおいて、内容・形式ともに最高の成就を遂げたのは唐代(六一八―九〇七)であり、盛唐《せいとう》(七一〇―七六五)の李白《りはく》、杜甫《とほ》、王維《おうい》、中唐《ちゅうとう》(七六六―八三五)の白楽《はくらく》天《てん》、韓愈《かんゆ》、晩唐《ばんとう》(八三六―九〇七)の李商隠《りしょういん》、杜牧《とぼく》など、名だたる詩人が輩出した。各人各様とはいえ、概して唐詩の特徴は、詩的感情を凝縮して表現し、詩的小宇宙を構築することにある。これにつづく宋《そう》代(北宋九六〇―一一二七、南宋一一二七―一二七九)の詩は、形式的には唐詩を踏襲するものの、詩の作者も読者も急増したこともあって、独自の展開を示す。細々とした身辺や日常を歌った詩篇も多くなり、総じて濃厚で華麗な唐詩に比べて、宋詩は平淡な味わいがある。北宋《ほくそう》の梅堯臣《ばいぎょうしん》、王安石《おうあんせき》、蘇東坡《そとうば》、南宋《なんそう》の陸游《りくゆう》、范《はん》成大《せいだい》、楊万里《ようばんり》がこの時代の代表的詩人である。

　主として日常を描いた本書のエッセイには、唐詩のうちでは、日常性ゆたかな白楽天の作品を多くとりあげ、宋詩では、陸游と楊万里の作品をしばしばとりあげた。また歳時記や筆記(随筆)では、南朝梁《りょう》に著された歳時記『荊楚歳時記《けいそさいじき》』(宗懍《そうりん》著)、北宋の首都汴《べん》京《けい》の繁華なさまを回想した『東京夢華録《とうけいむかろく》』(孟元老《もうげんろう》著)、明代に著された北京の歳時記『帝《てい》京景物略《けいけいぶつりゃく》』(劉侗《りゅうとう》・于奕正《うえきせい》著)、清代に著された蘇州の歳時記『清嘉録《せいかろく》』(顧禄《ころく》著)、同じく清末に著された首都北京の歳時記『燕京歳時記《えんけいさいじき》』(敦崇《とんすう》著)等々をとりあげた。これらの歳時記や筆記は『帝京景物略』以外、すべて日本語訳がある。興味のある方は参照されたい。

なお、本書のタイトル「一陽来復《いちようらいふく》」は、もともとは陰暦十一月、ことに、一年中で夜がいちばん長い冬至の日を指し、陰がきわまって陽がもどってくることをいう。これから広く、冬が去って春がくること、さらには暗い時期が過ぎ、明るい時期がやってくることを指すようになった。ここでは、広く後者の意により、暗い陰におおわれた時期をくぐりぬけ、一転して陽光あふれる明るい世界の到来を願う思いをこめた。花木や中国の詩文にたすけられ、少しずつ元気になった私のささやかな軌跡を描く本書が、読んでくださる方々に、楽しく生きる一つのヒントになれば、これにまさる喜びはない。

［付記］　文庫化にあたり、単行本の編集締切後に書かれた二〇一三年二月「梅の花　美を独り占め」と三月「眠る美女のような花」の二篇を増補した。なお、著者の「まえがき」に「二〇一〇年一月から二〇一三年一月まで」毎月一回掲載されたと述べながら、「あとがき」に「三十六篇」というのは、紙面の都合により二〇一二年一月が休載となったためである。(井波陵一)

目　次

第三部　京都・大文字の麓から……181

二十四節気表

名称	時期
立春(りっしゅん)	二月上旬
雨水(うすい)	二月下旬
啓蟄(けいちつ)	三月上旬
春分(しゅんぶん)	三月下旬
清明(せいめい)	四月上旬
穀雨(こくう)	四月下旬
立夏(りっか)	五月上旬
小満(しょうまん)	五月下旬
芒種(ぼうしゅ)	六月上旬
夏至(げし)	六月下旬
小暑(しょうしょ)	七月上旬
大暑(たいしょ)	七月下旬

名称	時期
立秋(りっしゅう)	八月上旬
処暑(しょしょ)	八月下旬
白露(はくろ)	九月上旬
秋分(しゅうぶん)	九月下旬
寒露(かんろ)	十月上旬
霜降(そうこう)	十月下旬
立冬(りっとう)	十一月上旬
小雪(しょうせつ)	十一月下旬
大雪(たいせつ)	十二月上旬
冬至(とうじ)	十二月下旬
小寒(しょうかん)	一月上旬
大寒(だいかん)	一月下旬

第一部

四季おりおり——詩のある日々

長らく探し求め，ようやくめぐりあった花海棠(2012年4月撮影)．桜に似た花はもちろん美しいが，深紅色の蕾の可憐さにも心ひかれる．中国古典詩でもよく歌われる(40頁参照)．

一月

お正月の花火(『金瓶梅』より)

正月の習慣と「文化の型」

いくつになっても、お正月になると、ちょっと改まった厳かな気分になる。

私は富山県高岡の生まれだが、一九五二年、小学校二年生の終わりごろ、一家をあげて京都に転居した。そのころは大家族であり、明治元年(一八六八)生まれの父方の祖母を筆頭に、父母、長兄夫婦とその幼い長男、三番目の兄と私という、まさに「四世同堂」の家族構成だった。お正月ともなると、東京にいた二番目の兄も帰省し、また親類の者も何人か加わるという具合で、ますますにぎやかになった。

元旦には早起きして、まず「若水《わかみず》」で顔を洗い、全員で仏壇にお参りしてから、「おめでとう」の挨拶をかわし、お雑煮を食べるというのが、わが家の習わしだった。

「若水」といっても単なる水道水なのだが、子どもの私には、この年頭の洗顔がことに敬虔《けいけん》な儀式のように思われた。お雑煮は、北陸の習慣でのし餅を切った角餅だった。食いしん坊の私は、このお餅を歳の数だけ食べようと何杯もお替りして、お腹がはちきれそうになり、動けなくなったこともあった。

日本では正月といえばお餅だが、中国では今も昔も餃子(たぶん水餃子)が一般的なようだ。清末、敦崇《とんすう》(一八六五―一九二二)なる人物が著した『燕京歳時記《えんけいさいじき》』は、北京の年中行事を臨場感豊かに記したものだが、ここに元旦に食べる餃子の記述が見える。

「元旦には貧富貴賤《ひんぷきせん》を問わず、みんな小麦粉で餃子を作って食べる。(中略)富貴の家では、ひそかに小粒の金銀や宝石などを餃子のなかに入れておき、それで運勢を占う。家族のうちでこれに当たった者は、一年中、大吉なのだ」

家族一同、お宝入りの餃子はどれかと、期待に目を輝かせるとは、いかにも新年のうきうきした気分を盛り上げる行事だといえよう。

また、昔の中国では、除夜には家族が一堂に会し、酒宴を催しながら夜明かしをして行く年を送り(守歳《しゅさい》という)、爆竹のはじける音とともに、新年を迎えるのが常だった。唐の大詩人白楽天《はくらくてん》(白居易《きょい》。七七二―八四六)は「三年除夜」と題する詩の一節で、その情景をこう歌っている。

堂上書帳前　　堂上　書帳の前
長幼合成行　　長幼　合《がっ》して行《こう》を成す
以我年最長　　我が年の最も長ずるを以《もっ》て
次第来称觴　　次第に来たって觴《さかずき》を称《あ》ぐ

子どものにぎやかな笑い声が響くなかで、大晦日の夜はつづき、「表座敷の本棚をおおうカーテンの前に、老いも若きもそろって列を作り、私が最年長なので、次々に私の前に進んで杯をあげてくれる」というのである。

この詩から、大晦日から元旦という節目の時間に、長老を筆頭に大勢の家族が集い、ゆったりと過ごす雰囲気が如実に感じとれる。

現代日本でも、年末から年始にかけて、家族と過ごすため帰郷する人々が多い。異郷で暮らし、核家族であったり単身であったりする人々が、祖父母、父母、兄弟姉妹らと一堂に会し、それぞれの家の習わしにのっとって新しい年を迎えようとするのだ。こうした習慣には、遠い祖先からはるかに伝わる行事の痕跡、言い換えれば「文化の型」が認められる。大げさな言い方をすれば、型がなければ文化は継承されないのである。

さて私の場合は、今や大家族のにぎわいも夢のかなた、今年初めて連れ合いと二人で正月を過ごした。子どものころのように、早起きはできないが、それでも若水で顔を洗い、小さな仏壇にお参りして、母の味を真似たお雑煮を作り、そこはかとなく厳粛な気分になって新年を迎えた。これまた、「文化の型」の踏襲といえなくもないと、ささやかな満足を覚えたことであった。

（二〇一〇年）

五日ごとの花だより

一月十五日の小正月《こしょうがつ》には、各地でお正月の飾り付けや書初めなどを燃やす、左義長《さぎちょう》、どんど焼きの行事が催される。明治生まれの父の故郷、富山県高岡ではこの行事が盛んだったようで、よくにぎやかな「サギッチョ」(と言っていた)の記憶を楽しそうに語っていた。

日本の左義長はお正月のフィナーレを飾る行事だが、中国の場合はいささか様相を異にする。たとえば、清の顧禄《ころく》(生没年不詳)が著した江南蘇州の歳時記『清嘉録《せいかろく》』十二月の巻に、陰暦十二月二十五日に「焼松盆《しょうしょうぼん》」と呼ばれるどんど焼きが行われ、「農家ではそれぞれ門首に松の枝を井げたに組んで、屋根の高さまで積みあげ、火をつけて焼く」と記されている。この風習の由来は火の力によって陽気を導き、春の暖かさを呼びおこすところにあるとされる。この中国の風習と直接的な関連はないけれども、寒《かん》のさなかに、夜空を焦がす炎を上げる日本の左義長にも、あるいは春の訪れを待ち望む思いがこめられているのかもしれない。

一月初めの小寒《しょうかん》から、大寒《だいかん》を経て、二月初めの立春まで、この間ほぼ一か月がもっと

花信風の一覧表

節気	花	よみ方	和名
小寒	梅花	ばいか	ウメ
	山茶	さんちゃ	ツバキ
	水仙	すいせん	スイセン
大寒	瑞香	ずいこう	ジンチョウゲ
	蘭花	らんか	ラン
	山礬	さんぱん	シチリコウ
立春	迎春	げいしゅん	オウバイ
	桜桃	おうとう	ユスラ
	望春	ぼうしゅん	コブシ
雨水	菜花	さいか	ナノハナ
	杏花	きょうか	アンズ
	李花	りか	スモモ

も寒さのきびしい季節である。しかし、冬来たりなば春遠からじ、寒に入った瞬間から、春に向かっているともいえる。

中国における「花《か》信風《しんぷう》」の伝承は、こうした考え方を如実にあらわすものだ（「花信風の一覧表」）。「花信風」は、寒気が厳しくなる一月初めから、春が終わる四月末まで約四か月に到来する、小寒、大寒、立春、雨水《うすい》、啓蟄《けいちつ》、春分、清明、穀雨《こくう》の八つの節気《せっき》にスポットをあて、さらに各節気から十五日間（一気）を三候に分けて、一候（五日）ごとに風が伝える花信（花だより）をわりふったものである。具体的にいうと、小寒から十五日間には五日ごとに、梅、椿、水仙の三種の花が順々に咲くとされる。合わせると八気で二十四の花信風があり、二十四種の花が順々に咲くことになるわけだ。次々に咲く花をめでるうち、いつのまにか寒い冬が過ぎ、春爛

啓蟄	桃花	とうか	モモ
	棣棠	ていとう	ヤマブキ
	薔薇	そうび	バラ
春分	海棠	かいどう	カイドウ
	梨花	りか	ナシ
	木蘭	もくらん	モクレン
清明	桐花	とうか	キリ
	麦花	ばくか	ムギ
	柳花	りゅうか	ヤナギ
穀雨	牡丹	ぼたん	ボタン
	酴醾	とび	トキンイバラ
	楝花	れんか	オウチ

漫となるというのだから、考えただけで楽しくなってくる。

ちなみに、唐の大詩人白楽天《はくらくてん》は七言絶句「春風《しゅんぷう》」において、春風と梅を関連づけて次のように歌っている。

春風先発苑中梅
桜杏桃梨次第開
薺花楡莢深村裏
亦道春風為我来

春風　先ず発《ひら》く　苑中《えんちゅう》の梅
桜杏《おうきょう》　桃梨《とうり》　次第に開く
薺花《せいか》　楡莢《ゆきょう》　深村《しんそん》の裏《うち》
亦《ま》た道《い》う　春風　我が為に来たると

「春風はまず御苑《ぎょえん》の梅花を開かせ、桜（ゆすら梅）、杏《あんず》、桃、梨を次々に開花させる。かたや山深い村でも薺《なずな》の花や楡《にれ》の莢《さや》が開き、村人は春風が我らのために吹いてきたと喜ぶ」

春風はいたるところに吹きわたり、それぞれの花を咲かせるという趣旨の詩だが、ここでも一番の花信風が梅だということが、おのずと明らかにされている。

実は、私も冬のベランダに早く花を咲かせたいと、鉢植えの臘梅《ろうばい》、白梅、紅梅を並べている。花信風の言い伝えどおり、寒に入ったとたん、この臘梅の黄色い花が咲きはじめ、つづいて枝いっぱいに蕾《つぼみ》をつけた白梅と紅梅もちらほら咲きはじめた。まもなくこれら色とりどりの花々がこぞって満開になる場面を想像すると、うっとりしてしまう。植物は寒風にさらされながら、しっかりエネルギーをたくわえ、けなげに花を咲かせる準備を怠らない。そんな「彼女たち」を見ていると、今年も元気で着実に過ごしたいものだと、一種、敬虔な気持ちに包まれる。

（二〇一一年）

お屠蘇に感じる春風

またたくまに三が日も過ぎた。例年、年末は大晦日まで何かと慌ただしく、疲れはててしまうが、不思議なことに年が明けたとたん、心身ともにリフレッシュされ、うってかわってスッキリした気分になる。北宋の詩人王安石《おうあんせき》(一〇二一―一〇八六)は七言絶句「元日」で、そんな新年の情景を次のように歌っている。

爆竹声中一歳除
春風送暖入屠蘇
千門万戸曈曈日
総把新桃換旧符

爆竹の声中　一歳除す
春風《しゅんぷう》　暖を送って　屠蘇《とそ》に入る
千門万戸　曈曈《とうとう》たる日
総《すべ》て新桃を把《と》りて旧符《きゅうふ》に換《か》う

「爆竹の音が鳴り響くなかで一年が終わり、春風が暖かさをお屠蘇のなかに吹きこんでくる。数多くの家々では、輝きのぼる初日を迎えながら、みな新しい桃符を古い桃符と取り換え、新年を祝っている」

にぎやかな爆竹の音とともに除夜が過ぎると、一転してのどかな元旦になり、お屠蘇を飲むと春風が吹きこむように、身体がぽかぽかと暖かくなるというのである。なお、「桃符」は魔除けになるとされる桃の木で作った符(ふだ)。元旦に取り換えるのが習いであった。

春の歓びにあふれる詩だが、実のところ、陽暦では三が日が過ぎると、すぐ二十四節気の小寒になり、いよいよ寒の入りである。小寒から大寒を経て、節分(立春の前日)までがいわゆる寒中であり、一年でもっとも寒い季節になる。京都あたりでは昨今、あまり目にしなくなったが、氷が張ったり、つららが下がったりするのも、この時節に多い現象だ。子どものころは氷が張るとうれしくなり、アイススケートの真似事をして遊び興じたものだ。

南宋の詩人楊万里《ようばんり》(一一二七—一二〇六)の七言絶句「稚子《ちし》　氷を弄《ろう》す」は、寒い朝、氷と遊び戯れる幼い息子の姿を歌ったものである。

稚子金盆脱暁氷
彩糸穿取当銀錚
敲成玉磬穿林響
忽作玻瓈砕地声

稚子　金盆より暁氷《ぎょうひょう》を脱し
彩糸《さいし》もて穿取《せんしゅ》し　銀錚《ぎんそう》に当《あ》つ
玉磬《ぎょくけい》を敲成《こうせい》し　林を穿《うが》ちて響くも
忽《たちま》ち玻瓈《はり》の地に砕ける声を作《な》す

「幼な子が金属の盆から早朝に張った氷を取りだし、色糸を通して、銅鑼《どら》を作った。叩くとみごとに玉磬(玉で作った打楽器)のような音がし、林を突きぬけて響きわたったが、あっというまに、玻瓈(水晶の類)が地面に落ちて砕けるような音がした」

あえなく砕け散った氷の銅鑼を見てがっかりする幼い息子、その姿をやさしく見守る父たる詩人。息子へのあたたかい思いやりが、ひしひしと感じとれる佳篇だといえよう。

　さて、中国の正月行事として、元旦以上に祝祭気分が盛りあがるのは、上元《じょうげん》の日にあたる陰暦一月十五日(日本の小正月)を中心としておこなわれる元宵節《げんしょうせつ》である。灯節《ドンジェ》とも呼ばれるように、この時には、町のいたるところに提灯山《ちょうちんやま》が飾られ、夜中まで大勢の見物客でにぎわう。『水滸《すいこ》伝《でん》』『金瓶梅《きんぺいばい》』『紅楼夢《こうろうむ》』をはじめ、中国古典小説には、物語展開の山場に、この非日常的で華やかな祝祭をとりあげるケースが多い。

　日本では元宵節を祝う風習は見られない。そのかわりといっては何だが、寒さのなかで紅い実をつける植物には事欠かない。私は紅い実が好きなので、わが家のベランダにも、南天、千両、万両、カマツカ等々、紅い実のなる鉢植えの木々がかなりある。提灯山のかわりに、紅い実のなる木々を眺めて心を弾ませるのも、またよきかなというところである。

(二〇一三年)

二月

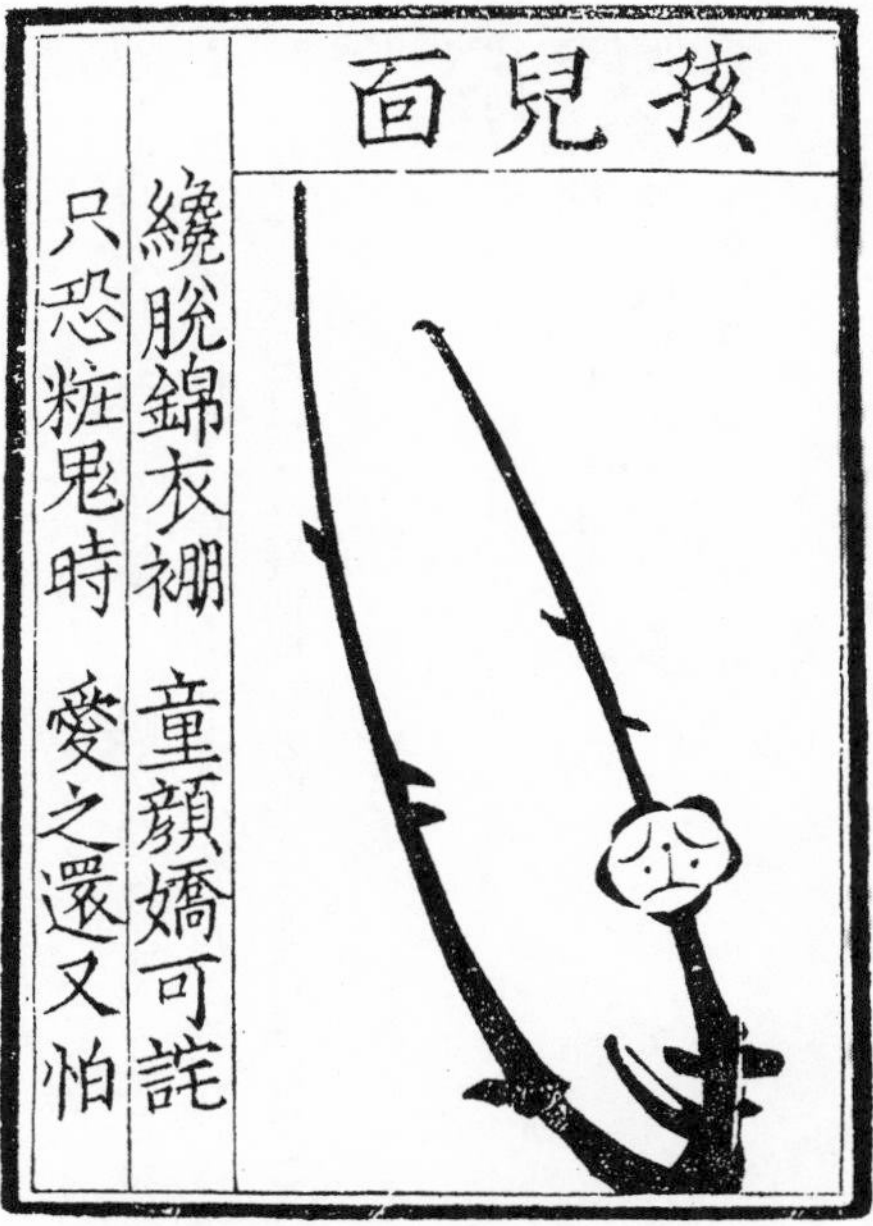
孩兒面
繞脱錦衣繃　童顔嬌可詫
只恐粧鬼時　愛之還又怕

孩児面《こどものかお》をした梅花(『梅花喜神譜』より)

不景気の時代に願う「一陰一陽」

寒明けが近づくと、心なしか日が長くなり、日射しも暖かみを増す。「陰きわまれば陽となる」というけれども、寒さも底を打ち、春到来の予感が膨らむころ、立春がやってくる。南宋の張栻《ちょうしょく》（一一三三―一一八〇）は「立春偶成《りっしゅんぐうせい》」と題する七言絶句でこう歌っている。

律回歳晩氷霜少
春到人間草木知
便覚眼前生意満
東風吹水緑参差

律回《めぐ》り歳晩《としく》れて　氷霜少なし
春　人間《じんかん》に到らば　草木知る
便《すなわ》ち覚ゆ　眼前に生意《せいい》満つるを
東風　水を吹き　緑　参差《しんし》たり

「暦めぐって年が暮れ、氷や霜が少なくなった。春が地上にやってくると、まっさきに草や木がその気配を察知し、たちまちあたりに生気がみなぎってくるのが感じられる。東風が水面《みなも》に吹きわたり、緑色をしたさまざまな波紋が浮かぶ」

ことほどさように、立春のころになると、じっと寒さに耐えながら、ひそかにエネルギーを蓄えていた草木がいっせいに生気を発散しはじめ、わが家のベランダに並べた鉢植えの植物群も、こぞっていきいきと春の息吹きを漂わせる。

そうなると、極端な寒がりの私も元気をとりもどし、薄いセーターに着替えようかという気になる。子どものころ、私は寒さに強く、真冬でも素足にサンダルで飛び回り、その姿を見るだけで寒気がすると、大人たちをふるえあがらせたものだ。それがどうしたわけか、歳月の経過とともに寒がりになり、今や厚着をしたうえ、靴下まで何足も重ね履きする始末。寒さが人一倍こたえる身には、花の蕾が膨らむ春の訪れがことのほかうれしい。

私は幼いころ京都の西陣に住み、すぐ近くの北野天満宮によく遊びに行った。北野天満宮には梅林があり、二月二十五日には盛大に梅花祭が催される。春のオープニングセレモニーである。中国でも二月に入ると、花々の先頭を切って梅が開花し、梅の名所は見物客でにぎわう。清の顧禄《ころく》が著した江南蘇州の歳時記『清嘉録《せいかろく》』二月の巻には、

「春風が林に吹くと玄墓山《げんぼざん》(蘇州の西にある山)の梅林が開花し、香雪海山《こうせつかいざん》(玄墓山に連なる小山)までうねうねと連なり、紅い花と緑のはなぶさが入りまじりながら、幾重にも重なりあってうちつづく。この地方の人は虎山橋《こざんきょう》のたもとに船をつなぎ、身支度を整えて、夜を日に継いで遊び楽しむ」

と、蘇州から船で来た見物客が夜を徹して、あちらこちらと梅を愛《め》でつつ逍遥するさまが記されている。厳冬から解放され、梅見に酔う人々の熱気あふれる情景である。

さらにまた、昔の中国では二月十二日を「花朝《かちょう》」と呼んで、百花の誕生日にあて、色とりどりの絹を切って花の咲く木の枝に結びつけ、「花神《かしん》」を祭る風習があった。ちなみに、中国古典長篇小説の最高傑作『紅楼夢《こうろうむ》』のヒロイン、薄倖の美少女林黛玉《りんたいぎょく》の誕生日も二月十二日だとされる。この設定は、林黛玉が天上世界の神秘的な植物、絳珠草《こうじゅそう》の生まれ変わりであり、もともと花にゆかりが深いことに由来するとおぼしい。引き合いに出すのも気が引けるが、実は私も二月生まれで、誕生日は花朝の前日、十一日である。そんな縁もあってか、近年とみに植物が好きになり、ベランダの鉢植えに毎日、水やりをしては、季節とともに変化するその姿を眺めるのが、無性に楽しい。

自然のめぐりは一陰一陽あるいは一陽来復《いちようらいふく》。陰なる冬の寒さが極まると、一転して陽気が立ちのぼり、晴れやかな花の春がやってくる。暗いムードに覆われたこの不景気の時代も、そうあってほしいものだとつくづく思う。

（二〇一〇年）

鎮魂の日と恋の祭典

毎年一月には私の住む京都市内でもよく雪が降る。今年もかなり積もった日があり、ふだんのサンダルでは鉢植えを並べたベランダにも出られないほどだった。何か履物はないかと捜していると、亡き母の防寒用のゴムブーツがあり、これを履いていたころの元気な母の姿がふいに目に浮かんで、懐かしさがこみあげてきた。母は足が小さかったので、私にはとても履けない。そこで靴下をぬいで、なんとかこのブーツに足を押しこみ、ようやくベランダに出て、小さなスコップで雪かきをしたのだった。

そんな寒さも絶頂を越え、早くも節分、立春(節分の翌日)も過ぎた。中国では節分が旧正月(春節《チュンジエ》)にあたり、この前後一週間は今でも帰省ラッシュである。かたや現代日本では、立春後の盛大なセレモニーといえば、まずチョコレートが飛びかう十四日のバレンタインデーであろう。ちなみに、バレンタインは三世紀後半、兵士の結婚を禁止するローマ皇帝の命令に背いて、ひそかに恋人たちを結婚させたキリスト教の司祭であり、やがて逮捕・処刑された。後世、この聖者の殉教の日である二月十四日を記念し、恋の祭典の日としたというのが、バレンタインデーの由来とされる。

一方、昔の中国では陰暦の二月十四日ごろが寒食《かんしょく》の日(冬至の後、百五日目の前後三日間)にあたり、炊事に火を使わない風習があった。バレンタインデーは本来、殉教した聖者の鎮魂のためのものだったが、この寒食の風習もまた鎮魂伝説と深いかかわりがある。

　春秋時代晋《しん》の公子重耳《ちょうじ》は後継の座をめぐるお家騒動に巻きこまれて亡命、十九年にわたって臣下とともに諸国を放浪し、六十二歳でようやく帰国して君主となった。その後、春秋五覇《ごは》の一人となった晋の文公《ぶんこう》(前六三六—前六二八在位)である。介之推《かいしすい》はこの文公と苦楽をともにした臣下の一人だが、帰国後の文公および臣下たちの権力的なふるまいに絶望し、山にこもった。文公が彼を連れだそうと山に火をつけたところ、介之推は焼死してしまう。寒食はこの清廉潔白の化身、介之推の鎮魂を祈願するための風習だとされる。

　バレンタインデーがいつしかチョコレートと結びついたのに対して、寒食の日は唐の詩人王維《おうい》(七〇一—七六二)の七言律詩、「寒食城東即事《そくじ》」第五、第六句に、「蹴鞠屢《しゅうきくしば》しば過ぐ　飛鳥の上、鞦韆《しゅうせん》競って出《い》づ　垂楊《すいよう》の裏《うち》」という句があるように、やがて蹴鞠《けまり》や鞦韆《ブランコ》と結びついた。とりわけブランコは寒食の日に乗る風習が流布するとともに、女性の遊具として普及し、詩や小説でもブランコに乗る女性がしばしば取り上げられるようになる。次にあげる北宋の大文人蘇東坡《そとうば》(蘇軾《そしょく》。一〇三六—一一〇二)の七言絶句「春夜《しゅんや》」

には直接、女性は登場しないものの、ブランコを歌いこんだ作品として名高い。

春宵一刻値千金
花有清香月有陰
歌管楼台声細細
鞦韆院落夜沈沈

春宵《しゅんしょう》　一刻　値《あたい》　千金
花に清香有り　月に陰《かげ》有り
歌管《かかん》　楼台　声《こえ》　細細《さいさい》
鞦韆《しゅうせん》　院落《いんらく》　夜《よる》　沈沈《ちんちん》

「春の宵は千金の値打ちがある。花は清らかな香気を放ち、月はおぼろに霞む。高殿から歌や音楽がかすかに響き、中庭には鞦韆がぶらさがり、夜はしんしんとふけてゆく」

今は人影もないが、このブランコにはおそらく日中、美しい女性が乗り、裳裾《もすそ》をひるがえして高く飛翔し、遊び興じていたのだろう。そんな幻影がたゆたう美しい詩である。

バレンタインデーや寒食の日は、もともと殉教あるいは殉難した聖なる人々を記念する鎮魂の日であったが、まるで春風のいたずらのように、いつしか心浮きたつハレの日となった。深層に古代の悲しい記憶を織りこんだ、この春の戯れに思いを馳せながら、本格的な春の訪れがひたすら待たれるこのごろである。

（二〇一一年）

早春の雨に潤う生命力

節分といえば豆まきだが、京都ではこの日にイワシを食べる風習がある。のみならず、昔から柊《ひいらぎ》の枝にそのイワシの頭をさして軒先にぶらさげ、魔除けにしてきた。この魔除けの風習は細々ながら今もつづいており、夕暮れに道を歩き、突進してくる車を避けようと、道端の家の軒先に入った瞬間、いきなりイワシの頭が顔にぶつかってきて、ギョッとしたこともある。

また、この季節には柊も植木屋の店先に並ぶ。私も去年の節分に、苗木を買って大きな植木鉢に植え替え、ベランダの北東の隅に置いた。柊を北東に植えると、これまた魔除けになるとの言い伝えがあるためである。わずか一年の間に、この柊は見違えるように成長し、堂々たる枝ぶりになった。私は脂ののったイワシは苦手で食べられず、頭を切って枝にさすことも、気味が悪くてできないけれども、葉先がするどく尖った柊には、いかにも魔除けという毅然《きぜん》とした風情があり、いつも頼もしく眺めている。

節分の翌日にくる立春にも古来、春の訪れを寿ぐもろもろの行事が催された。中国では後漢《ごかん》(二五—二二〇)のころ、この日、青い服を着た大勢の官僚がこぞって都洛陽の東の郊外に出かけ、春を迎えたとされる。この行事は春が方角では東、色では青と組み合わされることから始まったものであろう。付言すれば、夏は南と赤(朱)、秋は西と白、冬は北と黒にそれぞれ組み合わされる。青春、朱夏、白秋などの熟語はこれによるものである。それはさておき、立春の日に、青い服を着た人々があふれんばかりに居並ぶ情景を思い浮かべるだけで、いかにも春がきたという気分になり、心が浮き立ってくる。

立春から半月後に、二十四節気の一つ雨水《うすい》がやってくる。やさしい春の雨に潤された植物が着実に蘇《よみがえ》り、芽吹く季節である。ちなみに、春の雨を歌った名詩といえば、まず唐の詩人杜牧《とぼく》(八〇三―八五二)の七言絶句「江南の春」に指を屈するだろう。

千里鶯啼緑映紅　千里　鶯《うぐいす》啼いて　緑　紅《くれない》に映ず
水村山郭酒旗風　水村《すいそん》　山郭《さんかく》　酒旗《しゅき》の風
南朝四百八十寺　南朝《なんちょう》　四百八十寺《しひゃくはっしんじ》
多少楼台煙雨中　多少の楼台　煙雨《えんう》の中《うち》

「千里のかなたまでウグイスは鳴き、木々の緑と花の紅が照りはえる。水辺の村にも山沿いの町にも、酒家ののぼりが風にはためく。南朝以来の四百八十もの寺の群れ。数えきれないほどの楼閣が、煙るような雨におぼろに霞む」

「南朝」は四世紀初めから六世紀末まで、建康《けんこう》(南京)を首都とした五つの漢民族王朝、東晋《とうしん》、劉宋《りゅうそう》、斉《せい》、梁《りょう》、陳《ちん》を指す。「四百八十寺」は慣例で「しひゃくはっしんじ」と読む。

この詩は、前半二句において江南の春の風景を現在形で鮮明に歌い、後半二句では夢かうつつか、春雨に朦朧《もうろう》とけむる情景を、滅び去った南朝への追慕をこめて歌う。現実の風景と幻影の情景をオーバーラップさせつつ歌いあげた、まことに美しい詩である。

立春は過ぎたとはいえ、春はまだ浅いが、寒さのただなかから、わが家のベランダの梅は次から次に花を咲かせた。私は近頃、とみに梅が好きになり、いつのまにやら臘梅《ろうばい》、白梅、紅梅、しだれ梅、雲龍梅等々、鉢植えながら種類もふえた。梅の花は楚々としたおとなしい風情だが、幹や枝は花とは対照的にゴツゴツと武骨なほど頑強だ。これを見るたびに、美しい花を咲かせるには、しっかりした幹や枝の馬力やエネルギーが必要なのだと実感し、人もまたこうでなければと、元気づけられる日々がつづいている。

(二〇一二年)

梅の花　美を独り占め

年末からずっと寒い日がつづき、身体の芯から凍えそうだったが、ようやく立春になった。まだまだ寒いが、そこはかとなく早春の気配が漂いはじめたかと思うと、雪や氷がとけるとされる雨水《うすい》がやってくる。唐の大詩人白楽天《はくらくてん》(七七二―八四六)の七言絶句「府西池《ふせいち》」は、そんな春の訪れを喜ぶ作品である。

柳無気力枝先動
池有波紋氷尽開
今日不知誰計会
春風春水一時来

柳に気力無くして　枝先ず動き
池に波紋有りて　氷尽《ことごと》く開く
今日《こんにち》知らず　誰か計会するを
春風　春水　一時に来たる

「柳はまだ力なげだが、まず枝が(春風に)そよぎ、池の水面にさざ波がたって、氷はすっかりとけた。今日のことはいったい誰が計画したのか、わからない。春風と春水が同時にやってくるように、と」

これは白楽天が洛陽の長官だったころの詩だが、厳寒に閉ざされた役所内の西の池で、ある日ふいに春の到来を目の当たりにした驚きと喜びを、ありのままに歌う佳篇である。

二月の花といえば、まず梅だが、北宋初期の隠遁詩人林逋《りんぽ》(九六七―一〇二八)は梅マニアだった。生涯、独身だった彼は梅を妻とみなし、梅を歌ったすぐれた詩篇を数多く作った。なかでも七言律詩「山園小梅《しょうばい》　二首」その一は最高傑作と目される。

「衆芳は揺落せしに独《ひと》り暄妍《けんけん》たり、風情《ふうじょう》を占め尽くして小園に向こう、疎影《そえい》横《おう》斜《しゃ》　水清浅、暗香　浮動　月　黄昏《こうこん》、霜禽《そうきん》は下らんと欲して先ず眼を偸《ぬす》み、粉蝶の如《も》し知らば合《まさ》に魂を断つべし、幸いに微吟の相《あ》い狎《な》る可《べ》き有り、須《もち》いず　檀板《だんばん》と金尊《きんそん》と」

ざっと訳せば以下のとおりである。

「多くの花はみな寒さにあって枯れ落ちたのに、ただ梅の花だけは鮮やかに美しく咲き、小さな庭園のなかで風情(自然の美しい趣)を独り占めにしている。梅の枝のまばらな影は清く浅いせせらぎに向かって、横ざまに斜めに突き出し、ほのかに漂う香りはおぼろな月影のなかで揺れ動く。冬の日の霜をしのいで飛ぶ鳥は、梅の枝に舞いおりる先に、そっと偸むような流し目で梅の花を見ずにはいられない。季節が早いので紋白蝶はまだ飛んでいないが、もしこの梅の美しさを知ったなら、きっと魂も断えるほど慕わしい思いを抱くことだろう。幸い、梅の花と睦まじくするには、花の下で小声で歌えばよく、拍子木を鳴らし金の樽をあけて、ドンチャン騒ぎする必要などまったくない」

歌われている対象は梅の花だが、見てのとおり、艶麗な情趣にあふれ、類まれなる美女さながらである。ちなみに、林逋はこうして梅を妻に見立てたのみならず、鶴を子ども、小鹿を召使いに見立てて、風光明媚《めいび》な杭州の西湖のほとりで悠々自適の暮らしを楽しんだという。なんとも羨ましいかぎりである。私も梅が好きで、ベランダに白梅、紅梅、しだれ梅、雲龍梅等々、種々の鉢植えを並べているけれども、林逋の境地には及ぶべくもない。

　林逋の詩にも紋白蝶が出てきたが、昔の中国では陰暦二月十二日を「花朝《かちょう》」と呼び、百花の誕生日にあて、この日には着飾った少女たちが庭園に集って花の神を祭り、また競って蝶々を追いかける「扑蝶《ぼくちょう》」を楽しんだという。扑蝶の風習は広く流布したもようで、明代の戯曲家湯顕祖《とうけんそ》(一五五〇―一六一六)も、七言絶句「花朝」の前半で「百花　風雨　泪《なみだ》　銷《け》し難く、偶《たま》たま晴光を逐《お》い　扑蝶すること遥かなり(花々は風雨にあい涙のあとが残っているが、たまたまの晴れ間に乗じ、はるか遠くまで蝶を追いかけた)」と歌っている。

　梅の花、花朝、蝶々との戯れ。考えただけでも心浮きたつ春の情景である。そんな情景を思い描きながら、余寒を乗り越えたいものだ。

(二〇一三年)

三月

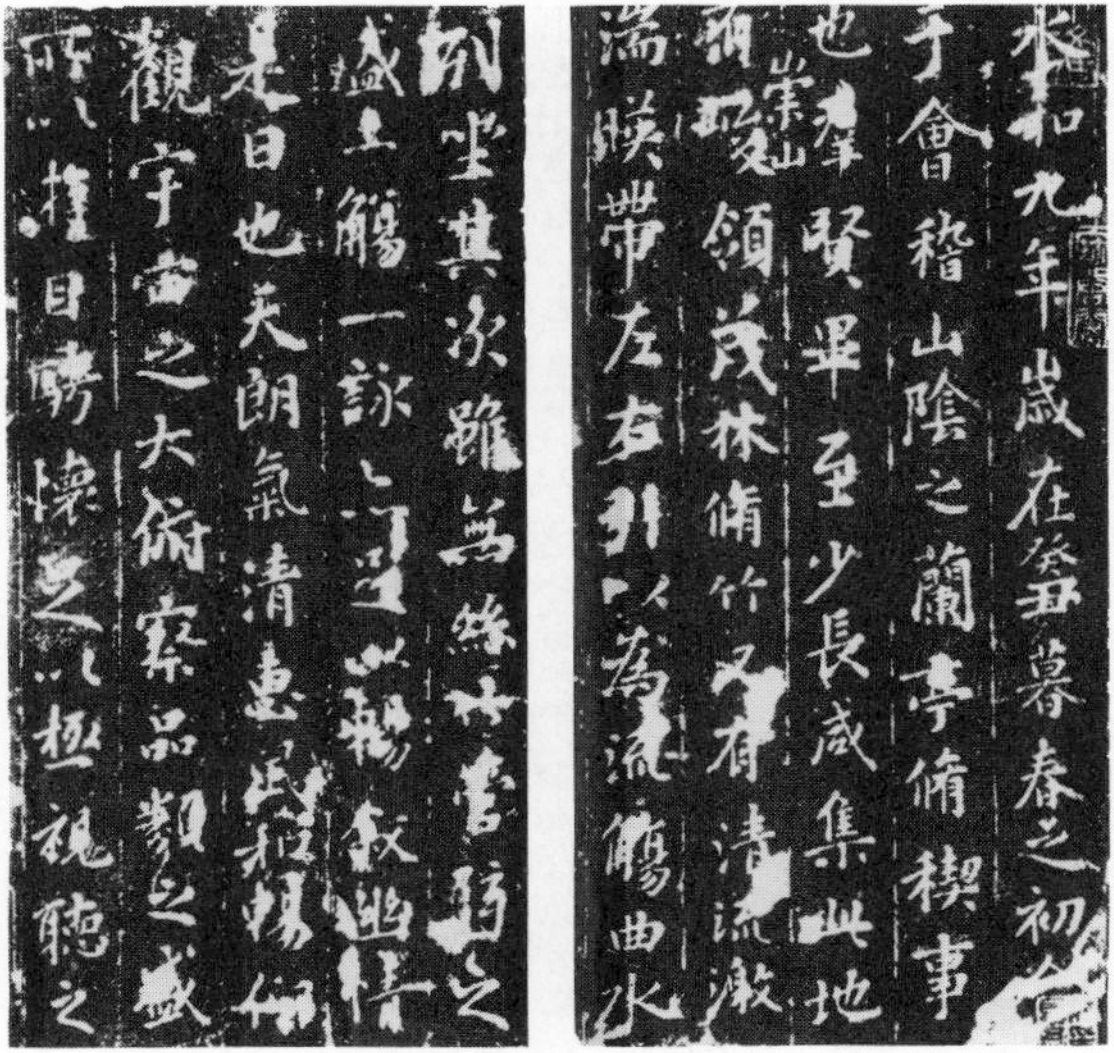
永和九年歲在癸丑暮春之初會
于會稽山陰之蘭亭脩禊事
也羣賢畢至少長咸集此地
有崇山峻領茂林脩竹又有清流激
湍暎帶左右引以為流觴曲水
列坐其次雖無絲竹管弦之
盛一觴一詠亦足以暢敘幽情
是日也天朗氣清惠風和暢仰
觀宇宙之大俯察品類之盛
所以遊目騁懷足以極視聽之

王羲之「蘭亭序」

雛祭りに禊の神秘

三月といえば、まず雛《ひな》祭りである。子どものころは雛壇を作ってもらい、男雛・女雛を筆頭に、見よう見まねで順々に飾りつけてゆくのが楽しみだった。大人になって住いもマンションなどに変わり、場所をとる雛人形一式を飾ることもできなくなった。それでも今に至るまで毎年、男雛と女雛だけのシンプルな形のものながら、雛人形を出して飾っている。三月三日に雛人形を出さないと、なぜか落ち着かず不安な気分になる。ちなみに、日本で雛人形を飾るようになったのは江戸時代からであり、それまでは流し雛が一般的だったようだ。人形を川に流し、もろもろの罪や穢《けが》れを祓《はら》おうとしたのである。

雛祭りもはるかな源をたどれば、やはり中国に由来する。中国では古来、雛人形を飾る風習はないけれども、少なくとも四世紀初めの東晋以降、江南では旧暦の三月三日に、「曲水流觴《きょくすいりゅうしょう》の宴(曲がりくねった流水に杯を浮かべ、順番に杯をすくいあげて自作の詩をよむ)」を催すのが恒例であった。東晋の書の名手王羲之《おうぎし》(三〇七—三六五)の最高傑作「蘭亭序《らんていじょ》」(三五三年作)も、この宴のさいに書かれたものである。

六世紀中頃、南朝梁《りょう》の宗懍《そうりん》が著した『荊楚歳時記《けいそさいじき》』によれば、この風雅な宴は、かつて三月初めに生まれた三人の女の子が三日後、そろって亡くなり、これを悼んだ人々が水辺で酒を流し、禊《みそぎ》したことに由来するという。日本の流し雛の風習もはるかにこれを受け継いだものとおぼしい。三月三日が近づくと、私が雛人形を飾り祭らずにいられないのも、この日にまつわる根源的な神秘性と深いかかわりがあるのかもしれない。

さらにまた、三月は卒業、転勤、退職等々、旅立ちと別れの季節でもある。唐の詩人王維《おうい》(七〇一―七六一)の七言絶句「元二《げんじ》の安西《あんせい》に使いするを送る」は、元二という友人が安西(新疆《しんきょう》ウイグル自治区)に公務出張するのを見送った詩だが、送別の名詩としてははだ有名である。

渭城朝雨浥軽塵　　渭城《いじょう》の朝雨　軽塵《けいじん》を浥《うるお》し
客舎青青柳色新　　客舎《かくしゃ》青青　柳《りゅうしょく》色新たなり
勧君更尽一杯酒　　君に勧む　更に尽くせ一杯の酒
西出陽関無故人　　西のかた陽関《ようかん》を出づれば故人《こじん》無からん

「渭城(長安の西北)の朝の雨は舞い上がる土ぼこりをうるおし、旅館の前の柳は青々とみずみずしい。さあ、もう一杯飲みほしたまえ。これから西へ向かい陽関(西域との間にあった関所)を出たなら、もう親しい友人もいないのだから」

朗々と惜別の情をうたいあげたこの詩は唐代から実際に広く歌われ、末句を三度くりかえして歌ったため、「陽関三畳《ようかんさんじょう》」と呼ばれたという。

実は、私も二〇〇九年三月末、十四年勤めた国際日本文化研究センターを定年退職し、つごう三十五年におよぶ勤め人生活に終止符を打った。きっと最後に研究室を出るときは、「陽関三畳」ではないが、来し方行く末を思い、感無量になるだろうと予想していた。しかし、現実は大違いだった。なにしろ積年のもろもろのガラクタやら紙屑やらが、いたるところから湧き出てきて、長い間、これと悪戦苦闘して捨てまくり、ようやく部屋がすっきり片付いて、がらんどうになったときには、性も根も尽きはてていたのである。かくして、ゆっくり感傷に浸る間もなく、あわただしく研究室を後にしたのであった。

あれから一年、やや冷静になってふりかえると、たしかに定年退職は大きな区切りであり、勤め人として過ごした長い時間の終幕ではあった。しかし、終わりは始まりにほかならず、自らをリフレッシュするまたとない機会でもある。春になるたび、みずみずしく再生する柳のように、強靱にしてしなやかでありたいものだ。（二〇一〇年）

桃のよう　健やかな少女

いよいよ春三月。雛《ひな》祭りは桃の節句ともいわれるが、このころ桃の花が咲きだす。子どものころ、雛祭りになると、友だちを呼んだり、呼ばれたりして、お菓子を食べながら、ゲームなどをしてよく遊んだものだ。今年は雛祭りの日に、中学時代の友だち二人と会い、わが家の小さな雛人形を飾った部屋で、それこそ何十年ぶりかで四方山話《よもやまばなし》にふけった。

彼女たちと出会ったのは十代の初めだから、それからなんとすでに半世紀以上もの歳月が経過している。半世紀前には、私たちも紛れもなく少女であったが、雛祭りに付きものの桃の花は、少女や乙女の象徴とされることが多い。中国でも日本でも、はるか昔から桃の花と乙女を結びつけた美しい詩や歌がある。

たとえば、中国では今から約二千五百年前、儒家《じゅか》の祖孔子が編纂したとされる詩歌集『詩経《しきょう》』に収められた「桃夭《とうよう》」の詩は、その最古の例である。その第一章は次のように歌う。

桃之夭夭　桃の夭夭《ようよう》たる
灼灼其華　灼灼《しゃくしゃく》たる其《そ》の華《はな》
之子于帰　之《こ》の子《こ》　于《ゆ》き帰《とつ》がば
宜其室家　其の室家《しっか》に宜《よろ》しからん

「わかわかしい桃の木、つやつやしたその花。（そのように美しい）この娘さんがお嫁に行ったら、きっとうまく家庭に調和することだろう」

『詩経』の詩の多くは、四言（四字）を基調とする歌謡であり、この「桃夭」も「夭夭」や「灼灼」というオノマトペを用いつつ、心身ともに健やかな少女を桃になぞらえた、まことに素朴な歌いぶりの四言詩である。

また、日本では、天平勝宝二年（七五〇）三月、大伴家持《おおとものやかもち》（?―七八五）が赴任地の越中（私の生まれ故郷だ）で、桃の花を眺めて作ったとされる、名高い和歌が『万葉集』に見える。

春の園紅《くれない》にほふ桃の花下照《したで》る道に出で立つ娘子《おとめ》

これまた、匂いたつ紅《あか》い桃の花とういういしい少女のイメージが、鮮やかに共鳴し混然と一体化した、なんとも美しい歌である。

このように、少女の象徴とされる一方、中国において古来、桃は魔除けの花であり、桃の実は不老長寿とも結びつく神秘的なものでもあった。ちなみに、長篇小説『西遊記』において、天上世界の桃園「蟠桃園《はんとうえん》」の番人になった孫悟空が、ここの桃を食べると不老長寿になることができると知るや、この貴重な桃を貪り食らう場面がある。これは、まさに桃にまつわる神秘的な伝説を踏まえた話にほかならない。さらにまた、『三国志演義』においても、劉備《りゅうび》、関羽《かんう》、張飛《ちょうひ》が天地の神々を祭って義兄弟の契りを結んだ場所は、ほかならぬ「桃園」だった。「桃園結義《とうえんけつぎ》」の名場面である。

少女の象徴とされる桃の花も魅力的だが、少女のころを遠く離れた身には、桃の実にまつわるこうした神秘的な不老長寿伝説にも、心ひかれるものがある。

定年になって早くも二年。勤めのない日々にようやく慣れ、一定のリズムがあるようになった。毎朝、まずベランダに所せましと並べた鉢に水をやることから、私の一日は始まる。春の訪れとともに、厳寒をくぐりぬけたもろもろの花木がのびのびと息吹き、春の花の蕾がぐんぐん膨らんでくる。そうした姿を日々ながめていると、植物の発散する強靭な生命力に感嘆しつつ、えもいわれぬ幸福感を覚える。そんなわけで、孫悟空のように不老長寿を願うわけではないが、今度は枝ぶりのいい、鉢植えの桃の木を何とか手に入れたいと、若い女性の営む行きつけの植木店に目下、頼んでいるところである。

（二〇一一年）

桃の花　咲き乱れる三月

今年は雪の多い年だったが、私の住む京都ではほとんど降らなかった。しかし、二月も下旬に入ってから、夜中に二十センチほど積もった日があり、朝起きて仰天した。寒くなったり暖かくなったり、行きつ戻りつしながら、ついに三月となり、雛《ひな》祭り、啓蟄《けいちつ》と、いよいよ春本番の季節となった。

ちなみに、啓蟄は、『礼記《らいき》』月令《がつりょう》篇に、「東風　凍《とう》を解き、蟄虫《ちっちゅう》　始めて振《うご》き、魚《うお》　氷に上《のぼ》り、獺《かわうそ》　魚を祭り、鴻雁《こうがん》　来たる(東風が氷をとかすころ、蟄虫すなわち地中で冬眠していた虫が動きだし、魚が氷上に浮かび、獺が獲物の魚をならべ、雁が南から飛来する)」とあるのにもとづく。このころ、東風(春風)が吹くとともに、虫も魚も獣も鳥も生気をとりもどし、活動を再開するというのである。これを読むと、春の歓びがこみあげてきて、のびのびした気分になる。

中国の「花信風《かしんふう》(風が伝える花だより)」(八―九頁表参照)の伝承によれば、啓蟄のころに咲く花は桃だとされる。桃の花をテーマにした詩篇は数えきれないほどあるが、なかでも、唐の大詩人李白《りはく》(七〇一―七六二)の七言絶句「山中問答」は、神秘的な雰囲気をたたえた佳篇である。

問余何意棲碧山　余《わ》れに問う何の意ぞ　碧山《へきざん》に棲《す》むと
笑而不答心自閑　笑って答えず　心自《おの》ずから閑《かん》なり
桃花流水窅然去　桃花流水　窅然《ようぜん》として去る
別有天地非人間　別に天地の人間《じんかん》に非《あら》ざる有り

「人は私にどうしてこんな山奥に住んでいるのかと聞くが、私は笑って答えない。心は自然にひっそりと安らかだ。桃の花びらが谷川の水に浮かび、はるか彼方に流れてゆく。ここには俗世と離れた別の天地があるのだ」

山の奥深く、咲き乱れる桃の花のもとでの隠棲《いんせい》を歌うこの詩には、静かさと華やかさが渾然一体となった、いかにも李白らしい弾んだ明るさがある。

なお、この詩が東晋の詩人陶淵明《とうえんめい》(陶潜《とうせん》。三六五―四二七)の「桃花源《とうかげん》の記《き》」を踏まえているのはいうまでもない。谷川を舟でさかのぼった漁師が桃林に出くわし、林の奥を見極めようとさらに舟をすすめたところ、山の洞窟に行きあたる。そこで舟を乗り捨て、洞窟をくぐりぬけると、そこには五百年以上、外界と関わらずに過ごしてきた人々が、なごやかに暮らす別世界があったという、理想郷の物語である。

実は、わが家のベランダにも、やっと手に入れた桃の木がある。梅、桃、桜といった高木になる素質をもった木々を、鉢植えにすることに最初は躊躇したのだが、つい誘惑に負けてしまったのである。これらの木々が爛漫と花を咲かせると、鉢植えの一本でもうっとり見とれてしまう。陶淵明や李白が、無数の花を咲かせる桃林に触発され、異次元の別世界を夢想したのも、むべなるかなと、わが身にひきつけて深く共感するばかりだ。

さて、啓蟄につぐ二十四節気は春分、彼岸の中日である。お彼岸といえば、おはぎが付き物であり、昔はどこの家でも作ったものだ。私は自分ではとても作れないけれども、このころになると、いつも無性におはぎが食べたくなる。おはぎのみならず、三月にはうぐいす餅や草餅など、春の萌えいづる緑にちなんだ和菓子が次々に出まわる。春の草や木々の葉には、中国語の「嫩《ネン》」という形容がぴったりの、みずみずしさと柔らかさがある。生きとし生けるものが蘇り、草木の葉が柔らかに芽吹き、桃の花が咲き乱れる春三月。美しい花をほれぼれと眺め、春のお菓子を食べて幸福感を味わいながら、身も心もリフレッシュして、柔軟な生命感覚をとりもどす絶好のチャンスである。

（二〇一二年）

眠る美女のような花

立春も過ぎてから、きびしい寒さがつづいたが、ようやく三月になった。冬眠していた虫も動きだすという啓蟄《けいちつ》から春分へ、いよいよ春本番だと思うとうれしくなってくる。京都では啓蟄と春分の間、三月十三日から「十三参り」が行われる。数え十三歳になった少年や少女が、嵐山の法輪寺にお参りして知恵を授かるという風習だが、参詣の後、渡月橋を渡りきるまで、うしろを振り返ってはならないとされる。振り返ると、せっかく授かった知恵を返さなければならないというのである。

西陣で過ごした私の子どものころはこの風習が盛んであり、女の子は美しい振袖を着て、嵐山に向かうのが習いだった。数え十三の三月といえば、早生まれの私にとってちょうど小学六年生の終わりにあたる。このころ家では高齢の祖母が倒れ、間近に迫った引っ越しの準備に追われるなど、大騒動がつづいていた。このため、私は残念ながら十三参りに行けなかった。それから半世紀余りもたつが、この時期になると、十三参りに行きたかったといつも思う。三つ子の魂百までも、果たせなかった夢の名残は消えないものである。

それはさておき、中国の「花信風(風が伝える花だより)」の伝承によれば、啓蟄のころに咲くのは桃、春分のころに咲くのは海棠《かいどう》だとされる。海棠は桜に似た薄紅色の綺麗な花を咲かせるが、蕾は深紅色であり、これがまた実に可憐《かれん》で美しい。

亡国金《きん》の遺民として生きた詩人元好問《げんこうもん》(一一九〇―一二五七)はこの海棠の蕾を愛し、七言絶句「児輩《じはい》と同《とも》に未《いま》だ開かざる海棠を賦《ふ》す」において次のように歌っている。

枝間新緑一重重　　枝間の新緑　一重重《いちちょうちょう》
小蕾深蔵数点紅　　小蕾《しょうらい》　深く蔵す　数点の紅《くれない》
愛惜芳心莫軽吐　　芳心を愛惜す　軽《かろがろ》しく吐《ひら》くこと莫《な》かれ
且教桃李鬧春風　　且《しば》らく桃李をして春風に鬧《さわ》がしめよ

「枝の間には新緑がびっしりと重なりあい、小さな蕾が奥深く隠れ、ちらほら紅い色が見える。芳心(美しい花)を大切に思うからこそ、どうか軽々しく咲かないでおくれ。しばらく桃や李《すもも》に春風のなかで騒々しく咲きほこらせておけばいい」

タイトルのとおり、元好問が子どもたちとともに海棠を眺めたときの作品だが(元好問には四男五女があった)、開花前のその紅い蕾をいとおしむ思いが如実に感じとれる。

私はこの詩を知ってから、ずっと海棠を見たいと思っていたが、二年ほど前、ついに花海棠の鉢植えを見つけ、さっそく大喜びで買ってきた。不思議なもので、ある花木を見たい、ほしいとつよく願っていると、以心伝心というべきか、ひょっこり出くわすことがよくある。こうして出会った花海棠は昨年春、枝いっぱいに花を咲かせ、この春も深紅色の蕾を無数につけている。

昔の中国において、海棠はたいへん好まれた花であり、嫋々《じょうじょう》としたなよやかな美女のたとえとして用いられた。唐の玄宗《げんそう》が、眠りから覚めたばかりで、まだ夢うつつの楊貴《ようき》妃《ひ》(七一九―七五六)を「海棠　未だ睡り足らず」と海棠にたとえた有名な話もあり、以来、海棠のイメージは美女の眠りと結びつけられることが多くなった。

もうしばらくすれば、わが家の花海棠も満開になり、身も心もほっとくつろぐ春の歓びを満喫させてくれることであろう。定年になった直後、母が眠るように他界してから、早くも四年の歳月が流れ、五度目の春がめぐってくる。これからも花々とゆるやかに共生しながら、自然体で過ごしたいと願うばかりである。

(二〇一三年)

四月

清明節の墓参(『金瓶梅』より)

清明節　幽明境を越えて交感

四月は入学、入社、進級の月である。昔は入学式に桜はつきものだったが、近頃は温暖化のせいか、桜の開花も早くなり、いざ晴れの舞台というときには、残念ながらすでに葉桜になっているケースが多い。それはともかく、人生経験も長くなると、花を見ても、つい「年年歳歳《ねんねんさいさい》　花相《あ》い似たり、歳歳年年　人同じからず」と、つぶやきたくなってしまう。

再生をくりかえす自然と、歳月とともに衰えてゆく人間を対比させた、この名句は、唐の劉廷芝《りゅうていし》(劉希夷《きい》。六五一?―六七八?)の七言古詩、「白頭《はくとう》を悲しむ翁《おきな》に代る」の一節である。もっとも、この「花」を日本人は反射的に桜だと思うが、この詩では桃と李《すもも》を指す。

ことほどさように、日本は古来、中国から多くの伝統行事や風習を受容したけれども、まったく異なる展開をたどった例も少なくない。たとえば墓参がそうだ。日本では春と秋の彼岸及びお盆に墓参を行うが、中国では墓参といえば清明節《せいめいせつ》と相場がきまっている。清明節は二十四節気の一つで、陽暦では四月五日前後にあたる。中国ではこの日にこぞって墓参と郊外散策を行う。十二世紀初頭、北宋《ほくそう》の首都汴京《べんけい》(河南省開封市)の繁栄ぶりを記した筆記(随筆)『東京夢華録《とうけいむかろく》』(孟元老《もうげんろう》著)は、清明節のにぎわいを次のように描く。
「四方の郊外は市場のようににぎやかになり、花の咲いた木の下や別荘の庭園では、酒やごちそうを並べて酒杯をやりとりし、いたるところの庭園に都の歌姫や舞妓がつめかけて、日が暮れてからやっと帰る」(巻七)

墓参をしたあと、こうして花見気分でドンチャン騒ぎをするのである。この日には、ふだん家の奥にいる女性も外出するため、予期せぬ恋が生まれることもある。白話《はくわ》(口語)で書かれた小説には短篇・長篇を問わず、この「清明の出会い」を描くものが多い。また、死者を弔うこの日に、幽霊や妖怪など、この世のものならぬ存在が出現し、生者と恋に陥るというテーマも、しばしば白話小説に見られるものだ。ちなみに、日本でもよく知られる「白蛇伝《はくじゃでん》」のヒロイン、白蛇の化身の白娘子《はくじょうし》が恋人の許宣《きょせん》とめぐりあうのも、この清明の日にほかならない。

こうしてみると、昔の中国の人々は清明の日を、あの世とこの世の境界がなくなり、死者と生者が幽明境《さかい》を越えてにぎやかに交感する、特異な祭り日と考えていたとおぼしい。

個人的な話ながら、私の母は二〇〇九年四月末、九十五歳で他界した。文字どおり眠るがごとく穏やかな最期だったが、以来、四月は私にとって忘れられない特別な月となった。この一年、おりにつけ、長らくともに暮らした母の不在を実感する瞬間がよくあった。そんなとき、たまたま次にあげる七言絶句を知り、深い共感を覚えた。タイトルは「姑《しゅうとめ》を哭《こく》す」、作者は十八世紀後半、清代中期の大文人である袁枚《えんばい》門下の女性詩人、廖雲錦《りょううんきん》(生没年不詳)。

禁寒惜暖十余春　　寒《かん》を禁じ暖《だん》を惜しむこと　十余春
往事回頭倍愴神　　往事《おうじ》　回頭《かいとう》すれば　倍《ます》ます神《こころ》を愴《いた》ましむ
幾度登楼親視膳　　幾度《いくたび》　楼《ろう》に登り　親しく膳を視《み》ん
掲開幃幕已無人　　幃幕《いばく》を掲《かか》げ開くも　已《すで》に人《ひと》無し

「寒くないよう暖かくすることにつとめて、十余年。昔をふりかえると、ますます心が痛む。何度、二階に上がり、この手でお給仕したことだろうか。垂れ幕を持ち上げ開いてみても、もうお姿はない」

私の場合は実母であり、これほど尽くしたわけでもないが、とりわけ末句の痛切な喪失感はわが事のようによくわかる。喪失感を根本的に癒すすべはないけれども、せめて毎日、父母の写真の側に色とりどりの花を飾り、不在の空白を埋めたいものだと思う。

(二〇一〇年)

再生の春のために

二〇一一年三月、東北・関東の太平洋沿岸に襲いかかった激震と大津波、これにつづく原発事故。京都に住む私は、テレビの前に釘づけになり、なすすべもなく、ただ呆然としていた。

季節めぐって四月、津波に押し流された被災地にも春が来て、きっと草木が芽吹きはじめていることだろう。災害に遭われた方々が一日も早く、平穏な日常を取り戻されるよう、祈るばかりである。

元好問《げんこうもん》(一一九〇—一二五七)は、一二三四年、四十五歳のときに蒙古軍によって母国の金《きん》が滅ぼされた後も、金の遺民として生き、戦乱による悲劇的な状況を描くすぐれた詩を数多く作った。「初めて家を挈《たずさ》えて読書山《どくしょざん》に還《かえ》る雑詩《ざっし》　四首」その三は、亡国後、長い旅の果てに、ようやく家族ともども故郷に帰ったときの感慨を、次のように歌う。

眼中華屋記生存　　眼中の華屋《かおく》　生存を記するも
旧時無人可共論　　旧時　人の共に論ず可《べ》き無し

老樹婆娑三百尺
青衫還見読書孫

老樹　婆娑《ばさ》たり　三百尺
青衫《せいさん》還《ま》た書を読む孫を見ん

「りっぱな家とそこに住んでいた人が残っているのは記憶のなかだけ。昔のことを語りあう友人ももういない。（わずかに残る）老樹が三百尺の高さになるころには、孫が青い上衣を身につけた書生になっていることだろう」

戦乱で荒廃した故郷を目の当たりにした詩人は、すこやかに成長した孫の姿を思い浮かべ、将来に希望を託すのである。これは戦乱をテーマにした作品だが、激甚な災害の場合にも共通する思いがある。

二〇〇九年四月、九十五歳で他界した私の母は大正二年（一九一三）六月、東京の下町本所《ほんじょ》に生まれ、大正十二年九月一日、十歳の時に関東大震災に遭遇して、両親や弟とともに命からがら大阪に移り住んだ。この恐怖の体験が母の深層意識にずっと生きつづけ、失われた震災前の東京を幻の町として懐かしむとともに、その幻の世界が一瞬にして崩壊したことを、どうしても受け入れられないまま、その後の長い人生を過ごしてきたとおぼしい。今でいうPTSD（心的外傷後ストレス障害）だと思われる。

この深層の記憶が、最晩年になり記憶が混乱しはじめたとき、表層に浮かび上がってきて、震災前の本所で、祖父母をはじめ大勢の家族とともに過ごした楽しい日々を、繰り返し語りつづけるばかりで、今ここにいる自分との落差がどうしても埋められなくなった。

阪神淡路大震災もそうだったが、今回の東日本大震災もまた、おそらく被災した子どもの心に癒しがたい深い傷をつけたにちがいない。八十五年も傷を抱えて生きた私の母のことを考えても、子どもの将来を思うなら、何よりもその心のケアが大切だと思う。

自然は時として凶暴な牙をむき、すべてを破壊し尽くすけれども、どんなに荒廃した土地にも草木が再生する春がやってくる。私が育てている鉢植えの花木も、冬の間は枯れ木のようになっていたのに、今や蕾を大きく膨らませ開花しはじめるものや、やわらかな若葉を伸ばしはじめるものが、続々と出現している。

そんな植物の強靭な生命力、再生力に感嘆し、唐の大詩人杜甫《とほ》(七一二—七七〇)の五言律詩「春望《しゅんぼう》」の冒頭二句、「国破れて山河在り、城春にして草木深し」をしみじみ思い起こしながら、被災地に生きる方々、とりわけ高齢者や子どもたちに、精神的にも物質的にもほんとうの春が到来するよう、心から願うばかりだ。

(二〇一一年)

降誕会とやすらい祭

春爛漫、わが家のベランダに並べた鉢植えも、先月後半から、桜、桃、マンサク、牡丹、木蓮、花海棠《はなかいどう》、遅咲きの椿等々が色とりどりの花を咲かせ、居ながらにしてゆたかな春景色を満喫した。

百花が競って咲く四月の行事といえば、まず四月八日の花まつり、すなわちお釈迦さんの誕生日を祝う降誕会《ごうたんえ》があげられる。中国では古く六世紀中頃、南朝梁《りょう》の宗懍《そうりん》が著した『荆楚歳時記《けいそさいじき》』によれば、この日、五色の香水を釈迦像にかけるという。降誕会が灌《かん》仏会《ぶつえ》あるいは浴仏会《よくぶつえ》とも呼ばれるゆえんである。日本では今もこの風習が受け継がれ、寺院では花々を飾った小さなお堂に甘茶をいれた桶を置き、そのなかに仏像を安置して、柄杓《ひしゃく》で甘茶をかけて誕生を祝う形になっている。それにしても、花咲く四月に行われる釈迦降誕会は、雪の降る厳冬十二月に催されるキリストの誕生祭クリスマスとは、がらりと趣を異にして、まことにカラフルで豊潤、いかにも東洋的な風情がある。

さらにまた、中国では降誕会の六日後の四月十四日は、八仙(神仙術をマスターした八人の仙人)のうち、もっとも有名な呂洞賓《りょどうひん》の誕生日とされ、清代では「神仙生日」と称して、「神仙糕《ガオ》(五色のモチ)」を食べ「神仙帽(房を垂らした帽子)」をかぶって祝ったという。仙人伝説は道教的なものだが、その代表格の呂洞賓の誕生日も釈迦と同様、四月とされるのは、なかなか興味深い。万物が萌えいづる四月は仏教、道教を問わず、聖者の誕生にふさわしいと考えられたのであろうか。

しかし、神仙生日の四月もなかばとなれば、春の花々もそろそろ落花しきりとなる。落花の季節を歌った詩のうち、もっとも人口に膾炙《かいしや》するのは、唐の大詩人杜甫《とほ》の七言絶句「江南にて李亀年《りきねん》に逢う」であろう。なお李亀年は玄宗《げんそう》皇帝の宮廷歌舞団きっての名歌手。

岐王宅裏尋常見　　岐王《きおう》の宅裏《たくり》　尋常に見し
崔九堂前幾度聞　　崔九《さいきゅう》の堂前　幾度《いくたび》か聞きし
正是江南好風景　　正に是《こ》れ　江南の好風景
落花時節又逢君　　落花の時節　又《ま》た君に逢う

「岐王(玄宗の弟)の邸内で、いつも見かけた。崔九(当時の貴族)の正堂の前で、何度も歌を聞いた。今ここにあるのは、ほかならぬ江南の美しい風景。なんとこの落花の季節にまた君に逢おうとは」

七五五年、安禄山《あんろくざん》の乱が勃発するまで、玄宗に愛された李亀年は長安の皇族や貴族の屋敷で歌を披露し、杜甫も何度かそのすばらしい歌声を聞いた。それから十五年の歳月が流れ、江南を遍歴していた杜甫は、ドサまわりの歌手となった李亀年と、江南の地方有力者の宴席で再会する。花の舞い散る季節に、転変を重ねたわが身と落魄《らくはく》した名歌手との予期せぬめぐりあいを歌いあげた、哀切な絶唱である。

ちなみに、京都には四月なかば、落花のころに催される祭りがある。大徳寺の近くにある今宮神社などで挙行される「やすらい祭」である。平安時代後期、桜の散る季節に疫病が流行し、落花とともに散らばる悪霊や疫病神を鎮《しず》めるべく、花鎮めの祭りとして始まったという。このとき、古式ゆたかに厄払いの舞も披露されるなど、奇祭として名高いが、はるか昔、今宮神社のすぐ近くの高校に通っていた私にとっては、懐かしい地元の祭りである。ちょうどこのころ、皮の柔らかいエンドウ豆やイチゴが商店街の八百屋に並び、やすらい祭の見物に出かけた父母が初物だと買ってきたこともあった。めぐりくる落花の季節、散る花とともに悪しきものを吹き飛ばし、元気にすごしたい。

（二〇一二年）

五月

蘇東坡像(唐寅「東坡先生笠屐図」)

「生の達人」蘇東坡をめぐって

今年の春は天候不順で寒暖の差がはげしく、日替わりで冬と春がやってくるような日がつづいたが、桜は例年にまして美しく咲いた。新緑の季節となった今、ようやく天候も安定して、木々の若葉が爽やかな風にそよぎ、出無精の私もつい散歩に出かけたくなる。

日本では春の花といえばまず桜だが、中国ではやはり牡丹である。牡丹は中国原産だが、鑑賞用に栽培されるようになったのは、六世紀末の隋《ずい》代以降であり、唐代になって大流行した。玄宗《げんそう》の寵妃楊貴妃《ようきひ》(七一九—七五六)は豪華な牡丹の花にたとえられる豊満な美女であり、唐の大詩人李白《りはく》(七〇一—七六二)も「清平調詞《せいへいちょうし》　三首」その一で、「雲には衣裳を想《おも》い　花には容《かたち》を想う、春風檻《しゅんぷうおばしま》を払って　露華《ろか》濃《こま》やかなり云々」と、牡丹と美を競う楊貴妃のあでやかな姿を歌っている。

十世紀後半の北宋《ほくそう》以降、牡丹の人気はますます高まり、満開の季節になると、牡丹の名所に見物客がおしかけるようになった。北宋の大文人蘇東坡《そとうば》(一〇三六—一一〇一)は杭州(浙江省)の牡丹の名所だった吉祥寺《きっしょうじ》に花見に出かけた時のもようを、七言絶句「吉祥寺にて牡丹を賞す」で次のように歌っている。

人老簪花不自羞
花応羞上老人頭
酔帰扶路人応笑
十里珠簾半上鉤

人は老いて花を簪《かざ》し　自《みずか》ら羞《は》じず
花は応《まさ》に老人の頭《かしら》に上《のぼ》るを羞ずるなるべし
酔帰《すいき》して路に扶《たす》けらるるを人は応《まさ》に笑うべし
十里の珠簾《しゅれん》　半《なか》ば鉤《こう》に上《のぼ》る

「老いた私は恥ずかしげもなく、牡丹の花を髪に挿す。花のほうが年寄りの頭に挿され、恥ずかしいことだろう。酔っぱらった帰り道、人に支えられた私の姿はさぞおかしく見えるにちがいない。十里の道に並ぶ家々の美しい簾《すだれ》が、ほとんど巻き上げてあるのだから」

牡丹見物の帰り道、興に乗って牡丹の花を髪に挿し、ほろ酔い気分で人に支えられながら歩く自分の姿を、ユーモラスに描く愉快な詩である。

わが家にも鉢植えながら二株の牡丹(ピンクと紅色)があり、それぞれ直径十五センチを超えるような華麗な大輪の花を咲かせる。当時、杭州の通判《つうばん》(副知事)だった蘇東坡が、こんな大きな花を頭に挿して歩く姿はさぞ珍妙な見ものであり、やんやの喝采を浴びたことであろう。なお、彼がこの詩と同時に著した「牡丹記叙《ぼたんきじょ》」によれば、このとき、蘇東坡のみならず、吉祥寺に牡丹見物に来た人々がこぞって牡丹を頭に挿してねり歩き、見物人は数万に上ったという。なんとも盛大な花のカーニバルである。

牡丹の美に酔い、思いきり羽目をはずした蘇東坡は食道楽でもあり、とりわけ旬《しゅん》の食物に目がなかった。だから、政治闘争に巻き込まれ黄州《こうしゅう》（湖北省）に流刑になった時も、到着したとたん、「長江　郭《かく》を繞《めぐ》って　魚《うお》の美なるを知り、好竹　山に連なって　筍《たけのこ》の香ばしきを覚ゆ（ここは長江が城郭をめぐって流れているから、きっとうまい魚が食べられるだろう。すばらしい竹藪が近くの山々に広がり、もう筍の香りがただよってくるようだ）」（「初めて黄州に致る」第三、第四句）と、美味への期待に胸をふくらませるのである。

筍といえば、私もつい先日、大きくて柔らかそうなのを買ってきて、筍ごはんと若竹煮（ワカメと筍の炊き合わせ）を作った。母の手順を思い出しつつ作ったのだが、これが意外にうまくできた。けっこう手間がかかるので、年に一回だけと思っていたが、またどうしても食べたくなり、がんばってもう一回作り、ようやく堪能して幸せな気分になった。

蘇東坡はいついかなる時も楽しく生きる術を見出す「生の達人」だった。蘇東坡には及びもつかないとしても、美しい花に心躍らせ、おいしい旬の食物を求めながら、心ゆたかな日々を過ごしたいものだ。

（二〇一〇年）

端午の節句の伝説と記憶

風爽やかな五月の幕開けを飾るのは、端午の節句である。急流を遡ることができた魚は、龍になるという「登龍門」の伝説にちなんで、日本では古来、この日に鯉のぼりを立てて、男の子の健やかな成長を祈願する。この端午の節句もやはり中国から伝わったものだ。

戦国時代楚《そ》の詩人屈原《くつげん》（前三三九？―前二七八）は、楚王の一族だったが、王や同僚に疎んじられて江南に追放され、陰暦五月五日端午の節句に、汨羅《べきら》の淵《ふち》（湖南省）に身を投げて命を絶った。六世紀中頃、南朝梁《りょう》の宗懍《そうりん》の手になる『荊楚《けいそ》歳時《さいじ》記《き》』によれば、屈原の死を悼んで、この日に競渡《けいと》（ボートレース）が行われるようになったという。

長崎のペーロンも古くは五月五日に行われていた由、これまたはるかに屈原を悼む競渡の流れをくむ行事だと思われる。日本の鯉のぼりも水と関わりがあり、深いところでそもそもの由来と接点があるといえよう。ちなみに、端午の節句に柏餅やちまきなど、葉で包んだ餅を食べる風習もまた屈原伝説と関わりがある。水中に餅を投じて屈原に供えるさい、川の主である龍に横取りされないよう、龍の嫌う葉に包んだというものである。年中行事の基底に、いずれもこうして深いいわれがあることに、今更のように驚くばかりだ。

それはさておき、中国では競渡の行事はその後も長く受け継がれ、ますます盛んになっていった。南宋《なんそう》の詩人范成大《はんせいだい》(一一二六―一一九三)は、七言絶句「竹枝《ちくし》の歌」で、そのにぎやかな情景を次のように歌っている。

五月五日嵐気開　　五月五日　嵐気《らんき》開き
南門競船争看来　　南門の競船《けいせん》　争って看来《みき》たる
雲安酒濃麴米賤　　雲安《うんあん》の酒は濃く　麴米《きくまい》は賤《やす》し
家家扶得酔人廻　　家家《いえいえ》　酔人を扶《たす》け得て廻《かえ》る

「五月五日、靄《もや》は晴れ、南門で催される競船(ボートレース)を、人々は先を争って見物に出かける。雲安(四川省重慶市)の酒は濃厚で、麴《こうじ》にする米は安く、家ごとに酔っぱらった者を支えながら帰って行く」

范成大は四川《しせん》の長官だったことがあり、その時期の作品だと思われるが、悲劇的な屈原伝説を基底に秘めたボートレースも、すっかり心浮きたつ祭典と化したさまが見てとれる。

私の住む京都では、端午の節句につづく大きな行事といえば、五月十五日の葵祭《あおいまつり》である。葵祭は『枕草子』や『源氏物語』にも登場する長い歴史をもつ祭礼だが、毎年、これを節目に季節が切り替わり、しだいに春爛漫から初夏へと向かってゆく感がある。

わが家のベランダに葵はないが、春にもっともみごとな大輪の花を咲かせるのは、鉢植えにした牡丹である。むろん一朝一夕に開花するわけではなく、枝に小さな芽をつけたまま、極寒の季節をじっと耐え抜いた結果、三月末から四月初め、暖かくなるや、その小さな芽からまたたくまに茎がのびて葉が生え、やがて花芽が膨らんで蕾となり、おもむろに開花する。このプロセスは実に感動的であり、小さな冬芽が内包するエネルギーと成長のドラマに驚嘆をおぼえるばかりだ。牡丹は古来、楊貴妃にたとえられる。しかし、楊貴妃には満開の牡丹の華麗な美しさはあるかも知れないが、極寒の季節をひたすら耐える秘めた強靱さはないなどと、その冬芽の奮闘を見つづけた私はつい思ってしまうのである。

端午の節句のような年中行事は、何層にも重なった伝説や古層の記憶をはるかに受けつぐものであり、牡丹のような植物には粘り強く寒さと闘いつつ、エネルギーを蓄えてゆく持久力がある。華麗な舞台の裏には、地味な積み重ねがあるということだろうか。

（二〇一一年）

立夏　船遊びの伝統

わが家のベランダではすべて鉢植えながら、この春も種々の梅、桜、花海棠《はなかいどう》、さらには牡丹等々が次々に美しい花を咲かせた。毎日、花々をうれしく眺めているうち、立夏も過ぎ、暦の上では夏になった。

十九世紀前半、清の顧禄《ころく》が著した江南蘇州の歳時記『清嘉録《せいかろく》』によれば、立夏になると、どの家でも大きな天秤《てんびん》で家族全員の体重をはかる風習があり、これを「秤人《しょうじん》」と称したという。さらにまた、立秋にもう一度はかり、夏の間に体重がどのくらい変化したかをチェックしたとか。太った大人まではかるとすれば、いったいどんな天秤を使ったのか、詳細は不明だが、まことに面白い風習である。のみならず、夏痩せや夏バテなどによる体力の消耗を具体的に把握するのにも、有効な方法だと思われる。実は、私も夏バテしやすい体質なので、これにならい、立夏の日に天秤ならぬ体重計に乗ることにしている。

それはさておき、夏というと種々の水遊びが連想される。毎年、立夏とほぼ同時期にやってくる端午の節句もそもその由来から、ボートレースや鯉のぼりなど、後世の行事や風習に至るまで、水と深い関わりがある。京都では立夏から十日ほど後、毎年五月の第三日曜日に、嵐山で車折《くるまざき》神社の例祭行事である三船祭《みふねまつり》が催される。嵐山の大堰川《おおいがわ》に二十数隻の御座船や龍頭船等々を浮かべ、平安時代の船遊びを再現しようとするものである。一九二八年に始まった新しい祭りだが、涼感を漂わせる初夏らしい祭りとして人気を呼んでいる。

中国では、放蕩天子の隋《ずい》の煬帝《ようだい》(五六九―六一八)が大運河に数万隻の超豪華船を浮かべ、洛陽から揚州まで行幸したのを嚆矢《こうし》として、ことに江南では時代が下るほど、川に屋形船を浮かべ、宴会を催す船遊びが盛んになる。明代中期の文人唐寅《とういん》あざな伯虎《はくこ》(一四七〇―一五二三)を主人公とする短篇小説「唐解元《かいげん》一笑姻縁《いんえん》に一笑すること」(『警世通言』巻二十六)は、船遊びを契機とする破天荒な恋物語である。奇行の主として知られる唐寅は、蘇州の川辺で船遊びをしていた時、豪華な屋形船の窓から見えた美しい召使いに一目惚れした。彼はその船を無錫《むしゃく》(江蘇省)まで追跡して、船主の屋敷をつきとめ、変装して住み込みの使用人となり、主人に信任されて召使いと結婚、思いを遂げたというものである。

唐寅は「呉中《ごちゅう》の四才」と称された四人の蘇州文化の担い手の一人で、詩文、書、画などすべてに通暁した逸材であり、その不羈奔放《ふきほんぽう》の生きかたとあいまって、当時の大商業都市蘇州きっての人気者だった。ちなみに、彼は科挙《かきょ》の会試(中央試験)にまで至った秀才だが、思わぬトラブルに巻き込まれ、科挙受験資格を永久剝奪される羽目になった。以来、故郷の蘇州で売文、売画によって生計を立てながら、変装して気ままに遊びまわるなど、自由な生活を楽しんだ。そんな唐寅には多くの逸話があり、前掲の物語もその一つにほかならない。次にあげる七言絶句「伯虎絶筆」は、五十四歳でこの世を去った彼の辞世の作である。

生在陽間有散場
死帰地府也何妨
陽間地府倶相似
只当漂流在異郷

生きて陽間《ようかん》に在れば　散場《さんじょう》有り
死して地府《ちふ》に帰すも　也《ま》た何ぞ妨《さまた》げん
陽間も地府も　倶《とも》に相《あ》い似たり
只《た》だ当《まさ》に漂流して異郷に在るべし

「生きてこの世にあればいつかお開きになるもの。死んであの世に身を寄せるのもまたけっこう。この世もあの世も似たようなもの。ただ漂流して異郷にいるようなものだろう」

なんとも思いきりのいい辞世である。私はほとんど泳げないので、船遊びも怖くてできない。せめてベランダの植木鉢群に盛大に水やりして涼感を味わいながら、唐寅とはゆかないまでも、定年後の縛りのない日々を心ゆくまでのびやかに過ごしたい。

（二〇一二年）

六月

清涼飲料を売る露店

邪気払う氷の涼感

梅雨入りの季節である六月は総じて湿度が高く、じっとり汗ばむような蒸し暑い日が多い。京都ではこの六月に「水無月《みなづき》」と呼ばれる和菓子を食べる習慣がある。三角形に切った白い「ういろう」に小豆をのせたものだが、小豆は半年間の穢《けが》れをはらい、邪神を遠ざける神事「夏越《なご》しの祓《はらい》」に由来する魔除け、三角形のういろうは暑気払いの氷をあらわすとか。

氷にまつわる和菓子といえば、金沢に「氷室饅頭《ひむろまんじゅう》」という紅白の酒饅頭がある。私は一九七六年から十九年、金沢大学に勤めていたが、七月一日になるとこの土地では誰もが氷室饅頭を買って食べたり、贈り物にしたりする。これまた由来があり、もともとは陰暦六月一日に加賀藩から将軍家へ氷を献上する習わしがあり、このために前もって氷室を開き、江戸の藩邸まで笹の葉などで厳重にくるんだ氷を輸送したという。金沢は水のいい土地柄であり、私は引っ越したばかりのころ、単なる水道水を沸かしたお湯でインスタントコーヒーを飲み、あまりのおいしさに驚嘆した記憶がある。だから、きっと将軍家に届けられた貴重な氷もさぞ美味だったことであろう。

それはさておき、この氷輸送の無事を祈って神社に奉納された氷室饅頭がいつしか庶民の間に広がり、無病息災を祈願して食べられるようになったという。水無月といい氷室饅頭といい、一年の半分が過ぎ、暑さが増す季節にひんやりした氷のイメージをもつお菓子を食べ、残る半年の無事を祈る風習が、時を超えて受け継がれてきたものにほかならない。

一方、昔の中国でも陰暦六月は氷と縁の深い季節であった。清末に敦崇《とんすう》が著した北京の年中行事録『燕京歳時記《えんけいさいじき》』には、六月から七月にかけて、担当官庁から「氷票《ビンピアオ》」なる切符が役人に配られ、これをもって氷を受け取りにゆくと記されている。これとは別に、このころ民間でも氷室から出した氷で冷やした飲料を売り歩く行商人があらわれる。この行商人は二個の氷盞《ビンジャン》(真鍮《しんちゅう》製の杯)を手に持ち、これを重ねて涼やかに打ち鳴らしながら、客寄せをしたという。

ちなみに、清代中期の乾隆《けんりゅう》六十年(一七九五)、民歌のスタイルをまねて北京の風物を歌った全百首の『都門竹枝詞《ともんちくしし》』(浄香居《じょうこうきょ》主人著)のなかに、この氷盞を鳴らす飲み物売りを描いた歌が見える。

氷盞丁東響満街　　氷盞の丁東《ディンドン》　満街に響き
玫瑰香露浸酸梅　　玫瑰《ばら》の香露《こうろ》　酸梅《スアンメイ》を浸す

門前又売烟児砲
一陣呵呵拍手来

門前　又《ま》た烟児砲《はなび》を売り
一陣の呵呵《ホーホー》　手を拍《う》ち来たる

「氷盞を鳴らすチンチンという音が街じゅうに響きわたり、バラの花のエッセンスの入った甘い酒に酸梅（梅の加工品）を浸した清涼飲料売りがやってくる。門前ではまた花火を売り、ひとしきりヒューヒュー、パチパチとやっている」

行商や露天商でにぎわう北京の雑然とした下町風景が彷彿とする歌である。

冷蔵庫もエアコンもない時代、日本でも中国でも、工夫をこらして梅雨や初夏の季節にしか味わえないような、涼感をさそう飲食物を作りだし、それを大事に飲んだり食べたりしながら、メリハリのきいた生活を楽しんだ。今や冬に暖房のきいた部屋でアイスクリームを食べ、夏にはエアコンで冷やした部屋で熱々のものを食べたりすることが、ごく当たり前になってしまった。人はめぐる季節のなかで、自然の移ろいとともに生きることを忘れたとき、生命体としての基本的なものを失ってしまうのではなかろうか。

そう思って、今日もベランダに置いた鉢植えの六月の花、アジサイを眺めながら、水無月を食べる。

（二〇一〇年）

洞庭湖　詩人の魂を揺さぶりつづけて

六月は湿潤な水の季節という感がつよい。私の住む京都市は周囲を山に囲まれた盆地であり、広々とした水の風景として、まず思い浮かぶのは隣の滋賀県の琵琶湖である。近江出身の歌人河野裕子《かわのゆうこ》は、琵琶湖をテーマに「たつぷりと真水を抱きてしづもれる昏《くら》き器を近江と言へり」と歌った。この秀歌がみごとにとらえているように、琵琶湖にはあくまでも広く深く静謐《せいひつ》なイメージがある。

日本最大の湖、琵琶湖が「静」だとすれば、中国最大の淡水湖、洞庭湖《どうていこ》(湖南省)のイメージは「動」である。唐の大詩人杜甫《とほ》(七一二—七七〇)は、五言律詩「岳陽楼《がくようろう》に登る」の前半四句で次のように歌う。なお岳陽楼は洞庭湖の東北岸にある三層の楼閣で、楼上から洞庭湖の景色が一望できる。

昔聞洞庭水　　昔聞く　洞庭の水
今上岳陽楼　　今上《のぼ》る　岳陽楼
呉楚東南坼　　呉楚《ごそ》　東南に坼《さ》け

乾坤日夜浮　乾坤《けんこん》　日夜浮かぶ

「かつて洞庭湖という湖があると聞いていたが、今その岳陽楼に登っている。中国の東南、呉楚の大地は二つに裂けて洞庭湖となり、天も地も日夜その水面に浮動する」

つづく後半四句は一転して、

親朋無一字　親朋《しんぽう》　一字無く
老病有孤舟　老病　孤舟有り
戎馬関山北　戎馬《じゅうば》　関山《かんざん》の北
憑軒涕泗流　軒に憑《よ》れば涕泗《ていし》流る

「親戚友人からは一字のたよりもなく、老いて病んだわが身には一艘の小舟があるだけ。関所のある山々の北では戦乱がうちつづき、岳陽楼の手すりによりかかっていると、涙があふれてくる」

と哀切な漂泊の思いを歌う。杜甫は七五五年、安禄山《あんろくざん》の乱が勃発した後、安住の地を求め、妻子とともに長年の間、江南を遍歴しつづけた。

洞庭湖や岳陽楼を歌う詩は数多いが、この「岳陽楼に登る」は名詩中の名詩であり、ことに第三句、第四句の「呉楚　東南に坼け、乾坤　日夜浮かぶ」は、宇宙的ダイナミズムを表現した句として名高い。ちなみに、戦国楚《そ》の詩人屈原《くつげん》(前三三九?—前二七八)が身を投げた汨羅《べきら》の淵《ふち》(湖南省)も、洞庭湖の付近にある。この一帯に広がる水の風景には、屈原や杜甫のように、痛切な悲しみを抱えた詩人の魂を激しく揺さぶるものがあったといえよう。

水のイメージに浸された六月の花といえば、なんといってもアジサイである。アジサイといえばブルーの花が一般的だが、かつてわが家に深紅色のアジサイがあった。買ったときはブルーだったのに、大鉢に植え替えると、土が変わったせいか深紅色の花が咲くようになったのだ。この色が実に美しく、何年も大事に育てていたにもかかわらず、害虫がついて駄目になってしまった。以来、深紅色のアジサイをさがし求めたけれども見つからず、ひょっとしたら色が変わるかも知れないと、何鉢もアジサイを買い集めたが、いっこうに変化はなかった。あきらめかけていたところに、今年ついに以前のアジサイの生まれ変わりのような、美しい深紅色のアジサイとめぐりあった。さっそく買ってきてベランダに並べ、長い間、離れていた友人との再会を果たしたような幸せな気分で、毎日、眺めている。

深紅色のアジサイの最大の魅力は、アジサイはブルーだという思い込みをくつがえすところにあると思われる。それかあらぬか、京都では暑い季節に懐中汁粉を食べる習慣があり、古いしきたりを守る和菓子屋さんのうちには、六月から九月まで季節限定で、懐中汁粉を作り売り出す店もある。暑い季節に熱湯にとかした懐中汁粉をフーフー言いながら食べるのも、一種の暑気ばらいであり、深紅色のアジサイと同様、意表をつく面白さがある。深紅色のアジサイや懐中汁粉で、意想外の楽しみを味わい、日々の暮らしにささやかながらメリハリをつけて、雨がつづく水の季節を元気に乗り越えたいと思う。

（二〇一一年）

紫陽花と名づけられた花

六月の花といえばアジサイである。私はアジサイが好きなので、わが家にも数鉢あるが、剪定《せんてい》しすぎたのか、今年は白い花の咲くアナベルという洋物アジサイ以外、どれも蕾がつかなかった。葉はすこぶる元気に出ており、根はしっかりしていると思われるので、自然にまかせていっさい手を加えず、来年を期待して見守りたいと思っている。

花木とともに暮らしていると、せっかちな私も気が長くなり、たとえ開花しなくとも一喜一憂せず、今は力をたくわえている時期のようだから、植物時間の経過のままに、しばらく静かに見守っていようという気になる。

アジサイは日本原産のようだが、古来、どういう経路を経たのか不明ながら、唐代の中国に伝わり、「紫陽花《しようか》」と表記されたという伝説もある。ちなみに、唐の大詩人白楽天《はくらくてん》(七七二―八四六)の七言絶句「紫陽花」の序に、「(杭州の)招賢寺《しょうけんじ》に山の花があるが、誰もその名を知らない。色は紫で香り高く、その愛すべき麗しさは、仙界のもののようである。そこで紫陽花(紫陽は漢代の仙人、紫陽真人《しようしんじん》にもとづく)と名づけた」とある。これによれば白楽天が紫陽花の名付け親ということになる。その詩には次のようにある。

何年植向仙壇上　何《いず》れの年か仙壇の上《ほとり》に植え
早晩移栽到梵家　早晩《いつ》か移栽して梵家《ぼんか》に到る
雖在人間人不識　人間《じんかん》に在ると雖《いえど》も　人は識《し》らず
与君名作紫陽花　君の与《ため》に名づけて紫陽花と作《な》す

「(この花は) いつの年か仙界に植えられ、いつごろか寺院に移植された。人の世にありながら人はその名を知らないので、あなたのために紫陽花と名づけよう」

この詩によって、麗しくも楚々たる風情のアジサイが海を渡り、中国に行って紫陽花と名づけられ、やがて日本でも紫陽花と表記するようになったという、伝説も生まれた。真偽のほどは定かでないが、これぞまさしく花をめぐる大いなるロマンというべきであろう。

うっとうしい梅雨に彩りを添えるアジサイを愛でているうち、夏至がやってくる。暦の上では夏のクライマックスである。最近は入梅の時期も遅くなり、このころは湿度が高く、じっとりした暗い日がつづくが、それでも梅雨の晴れ間に厚い雲の切れめから射す陽光は強烈さをまし、夏の気配が如実に感じとれる。

南宋の詩人范成大《はんせいだい》(一一二六―一一九三)は、六言絶句「晴れを喜ぶ」でそんな情景をこう歌っている。

窓間梅熟落蔕
牆下笋成出林
連雨不知春去
一晴方覚夏深

窓間《そうかん》　梅は熟し蔕《てい》を落とす
牆下《しょうか》　笋《じゅん》は成り林を出づ
連雨　知らずして　春去り
一晴　方《はじ》めて覚ゆ　夏の深きを

アジサイ（2011年5月撮影）

「窓の隙間から見ると、梅の実が熟しヘタごと落ちている。垣根のあたりではタケノコが伸びて林から突き出ている。長雨のうちに、いつのまにか春は去り、ちょっと晴れると、はじめて夏の盛りになっていることに気がつく」

季節の変化を目の当たりにした瞬間の驚きを、率直に表現した作品である。

私の父方の祖母と私の母はともに六月生まれであり、ことに長寿だった祖母の誕生日には、赤飯で祝うのが常だった。暗い梅雨の最中、はなやいだ赤飯の出るこの日は、子どもの私にとって文字どおりうれしい「ハレの日」であった。

祖母が他界してから五十有余年、母が他界してから三年余り。祖母と母の誕生日がきたら、仏壇に赤飯を供え、しみじみとお下がりの赤飯を味わいたいと思う。

（二〇一二年）

七月

織女と牽牛

七夕伝説と祇園祭

七夕が近づくと、子どもらしい字で願いごとを記した短冊をさげた笹飾りが目につくようになる。陰暦七月七日の夜、天の川で年に一度、牽牛《けんぎゅう》と織女《しょくじょ》が出会うという伝説は、はるか古代の中国で生まれたものである。六世紀中頃、南朝梁《りょう》の宗懍《そうりん》が著した『荆楚歳《けいそさい》時記《じき》』によれば、この日に「乞巧《きっこう》」と呼ばれる行事を催し、女性たちが庭に置いた台に色糸を通した針、酒、果物等々を供えて、裁縫の上達を祈願したという。織女に由来するこの行事はその後、十九世紀末の清末まで連綿と受け継がれた。笹飾りは日本独特のもののようだが、短冊に願いごとを記す風習には、たしかにこの乞巧の祈願と相い通じるものがある。

京都では七夕がすむと祇園祭がやってくる。このころの蒸し暑さは想像を絶するが、この暑さをものともせず、浴衣姿の若者が十五日の宵々山《よいよいやま》、十六日の宵山にどっと繰り出す。私などはあの湯気の立つほどの人ごみに揉まれることを考えただけで、ひるんでしまい、昨今は真昼間に遠くからちらっと鉾《ほこ》や山を眺めては、そこはかとなく祭り気分に浸るばかり。祇園祭に付きものの食べ物といえば鯖寿司と鱧《はも》である。鱧は素人の手に負えない難しい魚だけれども、ゆでて冷やした真白な身に赤い梅肉を添えた「落とし」は、見るからにさっぱりと美しい。魚屋の店先にこれが並ぶと、いつも夏が来たと実感する。

もっとも、祇園祭ももともとは八坂神社の氏子の祭りであり、その意味では京都に住んでいても、氏子ならぬ身にはいささか距離感がある。おそらく祭りは土着性と切っても切れないものなのだろう。

私にとって忘れられない祭りといえば、まず幼少期をすごした富山県高岡の御車山《みくるまやま》祭である。これは五月の祭りなのだが、華やかな飾りつけをした山車《やま》が各町内を盛大に巡行する。子どもの私はこの祭りが好きでついフラフラと山車について歩き、迷子になったことさえある。この祭りの日に高岡では「えびす」を食べる。寒天を沸騰させて溶かし醤油と砂糖で味付けして、とき卵を入れ、冷やして固めただけのシンプルなものだが、家ごとに微妙に味が異なり、いろいろお呼ばれして、食べ比べるのが無性にうきうきと楽しかった。この高岡の山車とえびすの味が、私にとっての祭りの原点だといえよう。

以来、数十年が経過したが、今住んでいる界隈の秋祭りもいかにも土地に根ざした祭りという感じがして面白い。この祭りでは神輿《みこし》行列が一段落すると、小学生くらいの少女がハッピ姿も勇ましく、ずらりと十数人並んで、交代でバチをふりあげ、数台の太鼓を打ち鳴らす。実に壮観であり、見ているだけでワクワクしてくる。このあたりも数十年前は田畑の広がる農村であり、少女たちの打つ太鼓も本来は豊作を祈願するためのものだったとおぼしい。ちなみに、唐の詩人王駕《おうが》(八五一—?)に村祭りを歌った愉快な七言絶句「社日《しゃじつ》」がある。

鵝湖山下稲粱肥
豚穽鶏塒半掩扉
桑柘影斜秋社散
家家扶得酔人帰

鵝湖山下《がこさんか》　稲粱《とうりょう》　肥え
豚穽《とんせい》　鶏塒《けいじ》　半ば扉《ひ》を掩《おお》う
桑柘《そうしゃ》　影《かげ》斜めにして　秋社《しゅうしゃ》　散じ
家家《いえいえ》　酔人《すいじん》を扶《たす》け得《え》て帰る

「鵝湖山(江西省)の麓では、稲やアワがゆたかに実り、豚小屋も鶏小屋も戸は半分閉めかけたまま。桑の木の影が長く斜めに落ちるころ、秋祭りはお開きになり、家ごとに酔っぱらった者を支えながら帰ってゆく」

豊年の秋祭りの日、村人は家畜小屋の戸も半開きにして土地神の祠《ほこら》に繰り出し、夕方、祝い酒に酔った家族を抱えて帰途につく。この詩には営々たる日常から解き放たれ、非日常的な祭りの時空に浮きたつ人々の姿が活写されている。こんな祭りを体験することはできないけれども、擬似的にせよ、せめて少女たちの太鼓の音に祭りの喜びを感じたいものだと思う。

(二〇一〇年)

虫干しの遠い記憶

古来、陰暦七月七日の夜、年に一度、天の川で牽牛《けんぎゅう》と織女《しょくじょ》が出会うという七夕伝説が流布し、これにちなんだ詩も数多い。唐の大詩人白楽天《はくらくてん》(七七二―八四六)の七言絶句、「七夕」もその一つである。

煙霄微月澹長空
銀漢秋期万古同
幾許歓情与離恨
年年弁在此宵中

煙霄《えんしょう》　微月　長空に澹《あわ》く
銀漢　秋期　万古同じ
幾許《いくばく》ぞ　歓情と離恨《りこん》と
年年　弁《なら》びに此の宵《よい》の中《うち》に在らん

「かすみにけむる月が、大空に淡くうかぶ。天の川の秋の逢瀬《おうせ》は、はるか昔から変わらない。どれほどの出会いの喜びと別れの悲しみが、毎年毎年、もろともにこの夜のうちにあったことだろう」

七夕伝説にことよせて、恋人への切ない思いを歌ったもの。この詩の制作年代は不明だが、おそらく若いころの作品であろう。白楽天には、ついに結婚できなかった初恋の女性があり、この詩にも彼女に対する断ち切りがたい恋心がこめられているようだ。

ロマンティックな七夕伝説とはうらはらに、昔の中国では陰暦七月七日に、書物や衣類を虫干しする風習もあった。魏晋《ぎしん》の名士の逸話集『世説新語《せせつしんご》』(任誕篇《にんたん》)に、虫干しにまつわる面白い話が収められている。隠者グループ「竹林《ちくりん》の七賢」のリーダー格だった阮籍《げんせき》(二一〇―二六三)と甥の阮咸《げんかん》(生没年不詳)は、道路の南側に居住し、親戚の阮氏は道路の北側に居住していた。阮籍と阮咸らは貧乏、北側に住む親戚は金持ちだった。七月七日、北側の親戚は絹や錦など上等の衣装を派手に虫干しした。これに対抗し阮咸はフンドシを竿に掛けて中庭にぶらさげ、「まだ俗っぽさがぬけないので、ちょっとやってみただけさ」と、うそぶいたというものである。この話から、虫干しの風習がその実、富を誇示する機会として利用されていたことがわかる。阮咸はその俗っぽさに反発し、あえて逆襲に出たというわけだ。

富の誇示などというものではないが、私が子どもだったころ、わが家でも梅雨が明けると、よく古色蒼然とした道具、掛け軸、着物などを並べて日に当て、虫干しをしたものだ。今や身辺に大切な古物などまったくなく、古びて着られなくなった衣類は捨てる一方なので、簞笥《たんす》の引出しに入れた乾燥剤を取り換えるくらいが関の山、そんな虫干しの記憶もはるか遠いものになってしまった。

そういえば、虫干しのころ、よく母が着物をほどいて洗い、お天気のいい日に、庭で板張りや伸子張り《しんしばり》（細い針のついた竹棒を布の両端にかけわたして、何本も並べて張ってゆく方法）にしていた。乾くと新品同然になり、また新しい着物に仕立てるのだ。もう半世紀以上も前の話だが、そのころはこうした洗い張りもよく目にする、ごく日常的な風景だった。今の言葉でいえば、賢いリフォームの方法である。和服を普段着として着る人が少なくなり、残念ながら、この洒落たリフォームの方法もすっかり廃れてしまった。

ちなみに、編み物もやはり何度もリフォームできるものだ。編み物が好きだった私の母は、いつも手編みのセーターやマフラー等をほどいて洗い、私たちに手伝わせながら、束にした毛糸を巻きとって玉を作ると、また新しいセーター等を編んで楽しんでいた。洗い張りといい、編み物といい、モノを使い捨てにするのではなく、こうして何度も手をかけて再生させるのは、ほんとうに豊かな生活の知恵だと思う。針仕事も編み物も不得手な私は、せめて母が残してくれた多種多様の手編み作品を大事に使いたいと思うばかり。

（二〇一一年）

夏の終わりの百日紅

七月といえば、京都はまず祇園祭である。コンチキチンと澄んだ鉦《かね》の音はいかにも涼しげだが、このころの京都の蒸し暑さには言語を絶するものがある。とはいえ、これは序の口であり、実際の夏本番は祇園祭が終わったころから始まる。

中国では一年のうち、もっとも暑いのは「三伏《さんぷく》」の間だとされる。すなわち、夏至後の三番目の庚《かのえ》の日を初伏、四番目の庚の日を中伏、立秋後の最初の庚の日を末伏といい、この初伏から末伏までが酷暑のシーズン、三伏にあたる。

「言うまいと思えど今日の暑さかな」という日がつづく三伏の期間において、何より求められるのは、生き返ったような気分にさせてくれる涼気である。南宋の詩人楊万里《ようばんり》(一一二七―一二〇六)は、七言絶句「夏の夜　涼を追う」でこう歌っている。

夜熱依然午熱同　　夜熱《やねつ》　依然として午熱《ごねつ》に同じ
開門小立月明中　　門を開きて小《しばら》く立つ　月明《げつめい》の中《うち》
竹深樹密虫鳴処　　竹深く樹密にして　虫鳴く処《ところ》

時有微涼不是風　時に微涼有り　是《こ》れ風ならず

「夜になっても暑さは昼間と変わらない。門を開き外に出て月明かりのもと、しばらくたたずんでみる。竹や木々が深々と生い茂り、虫がしきりに鳴いている。そのとき、風が吹いたわけでもないのに、かすかな涼しさが漂ってきた」

冴えわたる月光、生い茂った木々、静かに澄んだ虫の鳴き声。夏の夜の静寂のなかで、そこはかとない涼しさを感じとった瞬間を、鮮やかに歌った詩である。

こんなふうに涼気を感じてみたいものだが、今や町中の暮らしでは、熱帯夜がつづくころ、家の外に出てもむっとする暑さは変わらない。せいぜい熱中症にならないように、エアコンをつけて室内に逼塞《ひっそく》しているほかないのだから、情緒のないことおびただしい。

昔に比べて夏は信じられないほど暑くなり、日本は熱帯になったのかと思われるほどだが、そんななかでも植物はすくすくと育ち、そのたくましさに驚かされる。わが家のベランダでも、先月後半からネムの木、クチナシなどが次々に花を咲かせた。とりわけネムの木は花もきれいだが、夕方になると、葉が閉じて眠りの態勢に入り、朝日を浴びるとまた開くところがなんとも愛らしい。また、これから夏の盛りに咲く花といえば、百日紅《さるすべり》であろう。百日紅は枝いっぱいにあか紫の花を咲かせるが、その可憐な風情とはうらはらに、炎天もなんのその、長く咲きつづける強靭さがある。

先の楊万里の手になる七言絶句「道旁《どうぼう》の店」に、この百日紅(紫薇花《しびか》)が登場する。

路旁野店両三家　　路旁《ろぼう》の野店《やてん》　両三家《りょうさんか》
清暁無湯況有茶　　清暁《せいぎょう》に湯無し　況《いわ》んや茶有らん
道是渠儂不好事　　是れ渠儂《かれ》は好事《こうず》ならずと道《い》わば
青瓷瓶挿紫薇花　　青瓷《せいじ》の瓶《へい》に挿す　紫薇の花

「路傍にひなびた茶店が二、三軒ならんでいる。さわやかな早朝にまだ湯も沸かしておらず、ましてやお茶などあるはずもない。店の主人は風流を解さないやつだと思ったら、店先の青磁の花瓶にさりげなく百日紅の花が挿してあった」

詩人は花瓶に活けられた百日紅を見て、無粋な怠け者だと思った茶店の主人に対する認識を改める。私もベランダに咲く可憐で強靱な百日紅に励まされ、怠け心を押しやって、これからやってくる長い夏を潑剌《はつらつ》と乗りきりたいと願う。(二〇一二年)

八月

邯鄲の夢(『元曲選』より)

立秋　陽の季節から陰の季節へ

夏まっさかりである。子どものころはやれプールだ、海水浴だと真っ黒に日焼けして飛び回っていたけれども、今やそんな元気はさらになく、ただ夏バテしないよう、スローペースで過ごすばかりだ。酷暑、猛暑にげんなりして、詩作にふける気分にもならないのか、中国の古典詩にも夏の情景を歌う作品は数少ない。むろん、まったくないというわけではなく、たとえば、南宋《なんそう》の詩人陸游《りくゆう》(一一二五—一二〇九)にこんな詩がある。「夏日《かじつ》昼寝《い》ねて、夢に一院に遊ぶ云々」という長いタイトルの七言絶句である。

桐陰清潤雨余天
簷鐸揺風破昼眠
夢到画堂人不見
一双軽燕蹴箏弦

桐陰《とういん》　清潤《せいじゅん》なり　雨余《うよ》の天
簷鐸《えんたく》　風に揺れて　昼眠《ちゅうみん》を破る
夢に画堂《がどう》に到りて　人は見えず
一双《いっそう》の軽燕《けいえん》　箏弦《そうげん》を蹴る

「雨あがりの空のもと、桐の木蔭はすがすがしく潤っている。のきばの風鈴が風に揺れ昼寝の夢からはたと覚めた。夢のなかで、美しい部屋に行ったが、人影はなく、つがいのツバメが飛びかい、箏《こと》の弦を鳴らしていた」

風鈴の音が、昼寝の夢のなかで、つがいのツバメが触れて鳴らす箏の音色になったという、のどかで面白い作品である。こんなふうに穏やかに昼寝しながら、夏の暑さをやりすごしたいものだなどと、つい思ってしまう。

暑い暑いと言ううちに、暦のうえでは立秋になり、お盆がやってくる。日本のお盆は、昔の中国で陰暦七月十五日の中元節に催された盂蘭盆会《うらぼんえ》と、日本古来のもろもろの風習が結びついたもののようだが、いずれにせよ精霊を祭る行事であることに変わりはない。七月盆の地方もあるが、私の住む京都では八月盆である。母の初盆の年(二〇〇九年)には、墓回向《はかえこう》、お坊さんが家の仏壇にお参りに来られる棚経《たなぎょう》等々、もろもろの行事があった。知らないことが多く、戸惑うばかりだったが、既定の行事を一つずつ重ねてゆくうちに、母亡きあと混沌としたままだった、自分の気持ちも少しずつ整理されてゆくような気がした。

京都では、お盆の最後、八月十六日に「五山《ござん》の送り火」が催される。お盆の間、この世に帰っていた精霊を送る行事である。わが家のベランダからは大文字《だいもんじ》がよく見える。初盆の年はこの火を見ながら、母とともに過ごした長い歳月を思い、またはるか以前に他界した父や祖母の姿を思い浮かべて、文字どおり感無量となった。ちなみに、送り火とともに寺院が送り鐘を鳴らす風習もあり、あかあかと燃える火とかすかに鳴り響く鐘の音がつかのま見事に融け合って、いかにも哀切にして荘厳な雰囲気を醸しだす。

お盆がすぎてしばらくすると、夏の最後のセレモニー「地蔵盆」となる。八月二十三、二十四日ごろ、町角のお地蔵さんを祭る町内行事である。地蔵盆は子どもの祭りであり、子どもが集まって福引やゲームを楽しむ。私が子どものころ住んでいた西陣の千本界隈ではことに地蔵盆がさかんであり、夜になると古くから伝承されてきた「六斎《ろくさい》念仏踊り」がにぎやかに町を練り歩き、いっそう祭り気分を盛り上げた。この地蔵盆がすむと、いよいよ夏も終わりという気配が濃厚となり、子どもは夏休みの宿題に追われる仕儀《しぎ》となる。

こうして見ると、八月には精霊との交感をはかる行事が多いのが目につく。春や夏を支配した陽の気がしだいに衰え、陰の季節である秋や冬へと移行する境目の時期に、精霊と生者が出会うということなのであろうか。人は長い生命の連鎖を受けついで生きるものだとしみじみ思う。

（二〇一〇年）

夢がもたらす異界体験

京都の夏は暑く、三十五度をこえる日もめずらしくない。こう暑くては身体も頭も動かず、ついうとうと眠ってしまう。もともと私は眠くなると、いつでもどこでも、五分でも十分でも熟睡できるたちであり、ごていねいに夢まで見たりする。目が覚めると、内容はきれいさっぱり忘れているのだけれども。

夢といえば、中国の古典短篇小説には、怪異現象や夢などをテーマにした幻想ものがたりが、それこそヤマとある。なかでも、唐代伝奇《とうだいでんき》(唐代に著された一群の短篇小説)の「枕中記《ちんちゅうき》」(沈既済《しんきせい》著)と「南柯太守伝《なんかたいしゅでん》」(李公佐《りこうさ》著)は夢ものがたりの傑作中の傑作にほかならない。

「枕中記」はあらまし以下のように展開される。不遇の書生が邯鄲《かんたん》(河北省)の茶店で出会った仙人の呂洞賓《りょどうひん》から青磁の枕を借りて、深い眠りに落ち、枕の穴の世界に吸い込まれる。かくて、五十余年にわたり波乱万丈の人生を送ったあげく、功成り名遂げて大往生したところで、はたと目が覚める。見れば、眠り込むまえに、茶店の主人が炊きはじめた黍飯《きびめし》(後世の戯曲では黄粱飯《あわめし》)もまだ炊きあがっていない。この夢を通じて、書生は人の世の無常を思い知り、出世を望んであくせく生きることの空しさを痛感するに至る。いわゆる「邯鄲の夢」である。ちなみに、「南柯太守伝」の展開も基本的にこれとほとんど変わらない。

私自身は短い眠りのなかで、人生の無常を痛感するほど鮮明な夢はみたことがない。しかし、短時間でもぐっと深く眠り、はっと目覚めた瞬間、澱んだ疲れがウソのように消えた気がすることはよくある。眠りという異界体験によるリフレッシュ効果であろうか。

暑い、だるいと嘆いているうち、暦のうえでは立秋がやってくる。このころから日中は暑いけれども、風や雲に秋の気配が感じられるようになる。平安時代の歌人、藤原敏《ふじわらのとし》行《ゆき》(?—九〇一または九〇七)の「秋来ぬと目にはさやかに見えねども風の音にぞおどろかれぬる」は、そんな微妙な季節の境目を歌った秀歌である。中国では南宋《なんそう》(一一二七—一二七九)の詩人、劉翰《りゅうかん》(生没年不詳)にそのものずばり、「立秋」と題する七言絶句がある。

乳鴉啼散玉屏空
一枕新涼一扇風
睡起秋声無覓処
満階梧葉月明中

乳鴉《にゅうあ》　啼《な》きて散じ　玉屏《ぎょくへい》空し
一枕《いっちん》の新涼　一扇《いっせん》の風
睡《ねむ》りより起きて　秋声　覓《もと》むる処《ところ》無く
満階の梧葉《ごよう》　月明《げつめい》の中《うち》

「子ガラスが鳴きながら飛び去り、玉の屏風《びょうぶ》はひっそり静まる。枕をすれば初秋の涼しさ、扇子を揺らせばひんやりした風。眠りから覚めて起きあがり、秋の音を探し求めてもわからない。見れば、階《きざはし》いっぱいのあおぎりの落葉が、月明かりに照らされている」

立秋の夜、まどろみのなかで聞いた秋の音は、あおぎりの葉がしきりに落ちる音だったのかと、作者は庭の石段に降り積もる落葉を目の当たりにしつつ、秋の訪れを実感する。涼気あるいは冷気ただようすぐれた作品である。

立秋から約半月後、暑さの打ちどめにあたる処暑《しょしょ》がやってくる。考えてみれば、立秋と処暑の中間がお盆の時期であり、京都ではお盆の終わりの八月十六日に「五山の送り火」が催される。年中行事のうち、私にはこの送り火がもっとも印象深く、毎年、家のベランダから大文字を見ながら、亡き両親を懐かしく思いおこし、また夏から秋へと移りゆく季節の変化をそこはかとなく実感する。まさに季節はめぐる。もちまえの睡眠術を駆使して無理をせず、移りゆく季節のひそかな合図を、風や雲やベランダの花木から受けとめながら、自然体で暮らしたい。

（二〇一一年）

水辺の涼気を求めて

夏まっさかりである。夏といえば海水浴だが、ほとんど泳げないし、今さら混雑する海水浴場に出かける元気もない。富山県高岡に住んでいた子どものころは、近くに雨晴《はらし》や島尾など水のきれいな海水浴場があり、夏になるたび父母に連れて行ってもらった。雨晴は高岡にゆかりの深い『万葉集』の歌人大伴家持《おおとものやかもち》(?—七八五)が、「馬並《な》めていざ打ち行かな渋谿《しぶたに》の清き磯廻《いそみ》に寄する波見に(馬を並べて、さあ出かけよう。渋谿(雨晴)の清らかな磯辺に打ち寄せる波を見に)」と歌った風光明媚なところであり、海の向こうに立山連峰も見える。雨晴に隣接する島尾にもよく行ったが、ここは日本海とはいえ波も穏やかで、子どもの私は景色などそっちのけ、浮き袋につかまって、ゆらゆらと海水に浸っているだけで気持ちがよく、いつのまにか唇が真っ青になっていたこともあった。

ちなみに、レジャーとしての海水浴は十八世紀後半からヨーロッパで普及し、約百年後の十九世紀末になって、その影響が中国や日本におよび、しだいに盛んになった。中国で海岸の避暑地として有名なのは渤海湾《ぼっかいわん》に面した北戴河《ほくたいが》だが、この地ももともとは十九世紀末、外国人用の別荘地として開発され、やがて中国人も別荘をもつようになった。

清《しん》末・中華民国初期の大ジャーナリスト梁啓超《りょうけいちょう》(一八七三―一九二九)は、そのはしりであり、一九二五年夏、北戴河の別荘に避暑に行き、「(ここ北戴河では)毎日七時過ぎに起床して、庭をちょっと散歩し、点心(軽食)を食べると、もう九時に近い。二時間余りまともな仕事をして、十一時になると海に入る。戻って来て昼食を取り、ちょっと昼寝をする云々」と、娘の梁思順《りょうしじゅん》にあてた手紙に記している。散歩や海水浴でリラックスしながら、ゆったり避暑地で過ごす姿が目に浮かぶようであり、羨ましいというほかない。こうして外国人やハイクラスの中国人の避暑地だった北戴河も近年は、広い層を対象とした観光地へと変貌しつつあるようだ。海辺ではないが、日本の軽井沢の変遷に似るといえよう。

それはさておき、海水浴はこのようにいたって近代的な夏のレジャーであり、当然のことながら中国古典詩にはまったくあらわれない。水に関わる夏の楽しみとして歌われるのは、主として川や池で行われる船遊びや水辺の散策である。北宋の詩人秦観《しんかん》(一〇四九―一一〇〇)の七言絶句「納涼」には、この二つの楽しみが歌いこまれている。

携杖来追柳外涼　　杖を携え来たりて追う　柳外の涼しきを
画橋南畔倚胡床　　画橋《がきょう》の南の畔《ほとり》にて　胡床《こしょう》に倚《よ》る
月明船笛参差起　　月明らかに　船笛《せんてき》　参差《しんし》として起き

風定池蓮自在香　風定まりて　池の蓮《はす》は自在に香《かんば》し

「杖をたずさえて柳辺に漂う涼気を追い求め、美しく彩色した橋の南のほとりで、胡床（背もたれのついた椅子。折り畳み式）にもたれ腰かける。月光は明るく輝き、船上から笛の音が、高く低く響きわたり、風もやんで、池の蓮は思いのままに香気を漂わせている」

ここには、陽光に照らされた真昼の活動的なレジャーである海水浴とは対照的な、月明かりのもとで行われる船遊びや散策など、夜のひっそりとした楽しみが描かれており、これはこれで捨てがたい味わいがある。

私は非活動的なのか、海水浴はむろん、涼を求める夜の散策に出かけようとも思わない。そもそも現代では、真夏は夜も暑く、歩き回ったりすれば、逆に汗びっしょりになってしまう。などと文句を言っているうち、立秋、処暑と、みるみる夏も終わりになってゆく。夏バテしないよう、想像力を駆使して、わが家を北戴河の別荘に見立て、梁啓超のように心身ともにリラックスして過ごしたいものである。（二〇一二年）

九月

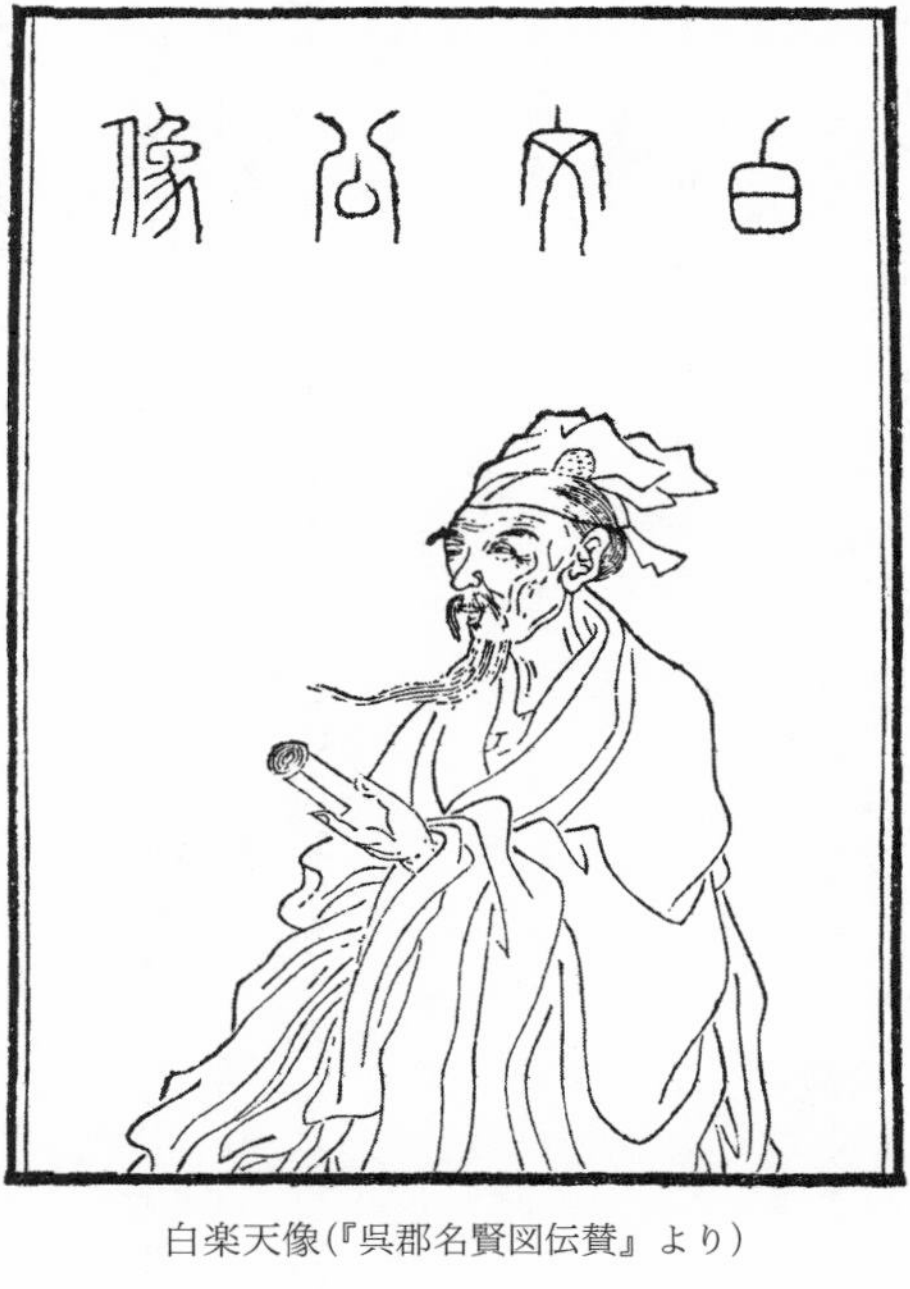

白楽天像(『呉郡名賢図伝賛』より)

人生の秋　なお熱気あり

いかに暑さがつづいても、季節はめぐり、九月に入るや二十四節気の一つ、白露《はくろ》がやってくる。この頃から、秋の気配が深まって夜が長くなり、空気もひんやりしてくる、とされる。唐の大詩人白楽天《はくらくてん》(七七二―八四六)は、この白露にちなんだ五言絶句「涼夜《りょうや》　懐《おも》うこと有り」でこう歌っている。

清風吹枕席　　清風　枕席《ちんせき》を吹き
白露湿衣裳　　白露　衣裳を湿《うるお》す
好是相親夜　　好《よ》し是《こ》れ　相《あ》い親しむの夜
漏遅天気涼　　漏《ろう》遅く　天気涼し

「すがすがしい風が枕やしとねに吹きわたり、白露が上着と裳裾《もすそ》をしっとり濡らす。ちょうど親しく語りあうのにふさわしい夜。時はゆっくり流れ、気候も涼しいのだから」

これは白楽天の若い頃の作品であり、親しく語りあいたい相手も女性だとされる。現在では、この頃はまだ残暑きびしく、白露も蒸発しそうだと、つい思ってしまうけれども、それはさておき、涼感漂う雰囲気のなかで、人恋うる思いを率直に歌いあげた佳篇である。

九月も下旬に入ると中秋の名月となる。本来の中秋は陰暦八月十五日だが、陽暦によれば、今年は九月二十二日の由。中国では南宋《なんそう》(一一二七―一二七九)の頃から、中秋の夜、庭に祭壇を作り果物やお菓子などを並べて月に供え、家族や友人が集まって宴を催す風習が広まった。満月にちなんで一家団円、一家団欒《だんらん》の日とされるようになったのだ。もっとも、この日に月餅《げっぺい》を食べる習慣は時代が下り、明代以降に流布したらしい。

今年はこの中秋の名月の二日前が「敬老の日」になる。この祝日は日本固有のもので、中国には見られない。最近は高齢者の所在不明など暗いニュースが多く、敬老の日といわれてもなんとも複雑な思いにとらわれる。私自身についていえば、両親とも高齢で他界した今となっては、老いはひとごとではなく、わが身の問題となりつつある。そんな時、ふと元気づけられるのは、長い中国の歴史のなかで見事に老いの花を咲かせた人々の姿である。

たとえば武人では、古くは戦国時代の趙の名将廉頗《れんぱ》、後漢の名将馬援《ばえん》。廉頗は晩年、不遇だったが、それでも一度の食事に米一斗・肉十斤(二・五キロ)を平らげる体力があり、馬援は老いてなお血気さかん、六十二歳で困難な戦いへの出陣を志願し、「矍鑠《かくしゃく》たるかな、この翁《おう》は」と光武帝《こうぶ》を感嘆させた。時代が下り、三国志世界の猛将趙雲《ちょううん》と黄忠《こうちゅう》もこれにひけをとらない。劉備《りゅうび》軍団きっての名将趙雲は七十近くまで活躍しつづけ、最後の戦いとなった諸葛亮《しょかつりょう》を総帥とする魏に対する第一次北伐では、全軍撤退のやむなきに至った時、一人一騎失うことなく、鮮やかに自軍を退却させた。百戦練磨のベテラン将軍の底力である。やはり劉備の部将だった黄忠に至っては、前面に登場した時点ですでに六十代であり、七十五歳で戦死するまで、ダイナミックな戦いぶりを示し敵軍をふるえあがらせた。

文人にも八十、九十まですぐれた詩文を作りながら、悠々と生きた人々は枚挙に暇《いとま》がない。たとえば明《みん》末の文人張岱《ちょうたい》(一五九七―一六八九?)は満州族の清王朝に屈伏せず、明の遺民として生きぬき、膨大な著作を著した。ユーモア感覚あふれる彼は九十を超しても、杖をついて町の市場に出かけ、誰も彼を知る人がないことをむしろ面白がったという。

考えてみれば、時を超えて生きたこれらの人々は、総じて心身ともにすこぶるタフであり、基本的に陽性で、どんな時もくよくよ思い悩んだりしない。人生の秋にさしかかり、がんばりすぎるのも考えものだが、まずはこれらの人々にならって、のびのびと元気にすごしたいものだ。(二〇一〇年)

人生の労苦を秋に映して

九月。まだ暑さの余韻は残っているものの、朝夕には、そこはかとなく秋の気配が感じられる。中国古典では『楚辞《そじ》』以来、草木の枯れしぼむ秋は悲しく憂わしいものとされるが、唐の詩人劉禹錫《りゅううしゃく》(七七二―八四二)は、「秋詞《しゅうし》」と題する七言絶句において、あえてこの固定観念を否定し、次のように歌っている。

自古逢秋悲寂寥
我言秋日勝春朝
晴空一鶴排雲上
便引詩情到碧霄

古《いにしえ》より秋に逢えば　寂寥を悲しむ
我《わ》れ言うに　秋日は春朝に勝《まさ》る
晴空　一鶴　雲を排して上《あが》り
便《すなわ》ち詩情を引きて碧霄《へきしょう》に到る

「昔から秋にめぐりあうと、そのさびしい風情を悲しむもの。私が思うに、秋の季節は春の季節にまさっている。晴天の日、一羽の鶴が、雲をおし開いて上りゆき、たちまち詩情を引き誘いながら青空に達する」

白鶴が雲をつきぬけ、まっすぐ青い空のかなたにのぼってゆく。爽快きわまりない情景が目に浮かぶ、みごとな秋の讃歌である。

これほどストレートではないが、南宋《なんそう》の詩人辛棄疾《しんきしつ》（一一四〇—一二〇七）も、「醜奴児《しゅうどじ》」と題する詞《ツー》（もともと長句・短句を織りまぜ、一定のメロディーに合わせて作られたもの）で、秋への思いをひねりをきかせつつ表現している。この作品は前半の四句において、「若いときは愁いの味わいもわからず、ひたすら高楼に上ろうとしたものだ。ひたすら高楼に上ろうとし、新しい詞《ツー》をこしらえては、むりやり「愁い」を気取ってみせた」と歌いだし、後半の四句で次のように、年を経た現在の思いを歌いあげる。

而今識尽愁滋味　　而して今《しこう》は愁いの滋味《じみ》を識り尽くし
欲説還休　　説かんと欲して還《ま》た休《や》む
欲説還休　　説かんと欲して還た休む
却道天涼好箇秋　　却って道《い》う　天涼好箇《こうこ》の秋と

「ところが今は愁いの味わいをいやというほど知り尽くし、語ろうとしてまたためらう。語ろうとしてまたためらったあげく、口から出たのは「さわやかないい秋だ」」

さまざまな苦い経験を味わい尽くして老境に入った者が、くさぐさの思いを深く胸の底に織りたたんで、秋風に吹かれながら、ただ「さわやかないい秋だ」とつぶやく。世間の荒波にもまれ、年輪を重ねた者ならではの「滋味」あふれる表現だといえよう。ちなみに辛棄疾は北宋末から南宋初めの転換期において、波乱万丈の生涯を送った剛直な武人にして、卓越した詩人でもあった。

年輪を重ねるといえば、今年は九月十九日が敬老の日である。両親がいたときは、敬老の日がくるたびに、「父母の年は知らざる可《べ》からざる也。一つには則《すなわ》ち以《もっ》て喜び、一つには則ち以て懼《おそ》る(父母の年は知っておかねばならない。一つにはその長命を喜び、一つには高齢で不測の事態がおこるのを恐れるのである)」(『論語』里仁《りじん》篇)という言葉を思い出し、敬虔な気持ちになったりした。今や、私自身、自分の年に思いいたると驚き呆れ、恐懼する段階に入ってしまったのだから、まったく「時代は変わる」というほかない。

そういえば、敬老の日の一週間前(九月十二日)が今年の中秋の名月にあたる。辛棄疾とは比べものにもならないが、私もそれなりに人並みに、曲折に富んだ長い歳月を過ごしてきた。ひんやりした秋の夜風に吹かれ、冴え冴えとした満月を見上げながら、ことごとしく語ることもなく、ただゆったりと「さわやかないい秋だ」とつぶやいてみたい。

(二〇一一年)

秋の読書は気の向くまま

今年の夏も暑かった。もう限界だと思ったころ九月になり、ようやく秋の気配も漂ってきた。

夏場は食欲も減退し、冷たいものばかり食べていたが、秋はおいしいものが多く、食べる楽しみがふえる。秋の珍味といえばマツタケだが、国産物は目の玉が飛び出るほど高い。マツタケについては、十年あまり前、思わぬ僥倖《ぎょうこう》に恵まれたことがあった。秋のある夕方、勤め帰りに寄ったスーパーで、見るからにおいしそうなマツタケを見かけ、値段を見たら、なんと一本七千五百円。ふるえあがって、そのまま通り過ぎた。翌日、またこのスーパーに行ったところ、同じマツタケがなんと千五百円になっており、半信半疑で買って帰った。これが大当たりであり、まだ元気だった母といっしょにお吸い物にしたり、焼きマツタケにしたりして、マツタケ特有の香りと味わいを満喫したのだった。

マツタケはなかなか手が出ないが、これまた秋の味覚の王者ともいうべき秋刀魚《さんま》なら、焼く手間さえ厭わなければ、いつでも食べられる。昔は季節になると、どこの家でも秋刀魚を焼く煙がもうもうと上がっていたものだが、今はグリルで焼くので煙も出ず、いささか風情に欠ける。しかし、それでも焼きたてをおろし醤油で食べると、美味なること、このうえなく、猛暑で弱った心身が癒され、元気が回復してくるような気がする。

おいしいものを食べて元気を回復したら、秋の夜長、ゆっくり読書にでもふけりたいものだ。といっても、近ごろは若いときのように長時間、集中して読むと疲れるので、私はことに趣味で読む本は気ままに楽しく読むようにしている。

ちなみに、東晋《とうしん》の詩人陶淵明《とうえんめい》(三六五―四二七)は、「五柳《ごりゅう》先生伝」と題した自伝において、自らの読書について次のように述べている。「書を読むことを好めども、甚《はなは》だしくは解することを求めず。意に会すること有る毎《ごと》に、便《すなわ》ち欣然《きんぜん》として食を忘る(読書は好きだが、徹底的に理解しようとは思わない。自分の気持ちにぴったり合うところがあるたびに、うれしくなって食べる事さえ忘れてしまう)」。自在な読書の極意である。

もっとも、昔の中国では基本的に学問と読書は同義であり、科挙の受験勉強も大量の書物を精読することが重視された。十八世紀後半、清代中期の女性詩人席佩蘭《せきはいらん》(生没年不詳)は、七言絶句「夏の夜　外《がい》に示す」で、科挙受験のため読書に励む「外」つまり夫を案じてこう歌う。

夜深衣薄露華凝
屢欲催眠恐未応
恰有天風解人意
窓前吹滅読書灯

夜深《ふ》けて　衣は薄く　露華凝《ろかこ》る
屢《しば》しば眠りを催《うなが》さんと欲して　未《いま》だ応ぜざるを恐る
恰《あたか》も天風の人意を解する有りて
窓前　吹き滅《け》す　読書の灯《ともしび》

「夜はふけ、あなたは薄着のままなのに、きらきら光る露の玉が結ぶ。何度もお休みになればとお勧めしようとしつつ、たぶんまだ承知されないだろうと思う。するとちょうど天の風が、私の気持ちを察したように、窓辺にさっと吹き込み、書見の灯を消してくれた」

冷えてくる晩夏の深夜まで、懸命に読書にふける夫を思いやるやさしさにあふれた佳篇である。妻たる詩人はこのときまだ若かったと思われるが、彼女の夫君が一心不乱に読書しつづけ、科挙に合格したのは、結婚してからなんと二十九年後のことだった。

こんな死にもの狂いの読書は考えただけで辛くなるが、白露《はくろ》、秋分と、日ごとに秋の深まるなか、机に積んだまま、なかなか読めずにいる本を「甚だしくは解することを求めず」、気の向くままゆったりとめくるのも悪くない。（二〇一二年）

十月

菊を鑑賞する(『詩賦盟』より)

菊茶で風雅なひととき

さわやかな季節になった。暑からず寒からずの十月は、運動会や遠足など屋外の行事にうってつけであり、京都では時代祭や鞍馬の火祭から地域の祭礼に至るまでお祭りも多い。

秋の花の代表はなんといっても菊である。陰暦九月九日、重陽《ちょうよう》の節句は菊の節句とも称され、中国では昔からこの日に家族や友人がそろって、「登高《とうこう》」すなわち小高い山や岡に登り、厄除けに茱萸《しゅゆ》(かわはじかみ)の実のついた枝を頭に挿して、「菊酒」すなわち菊の花びらを浮かべた酒を飲む風習があった。

菊の節句にちなんだ詩は文字どおり枚挙に暇《いとま》がないほどあるが、なかには菊酒ならぬ菊茶を称揚する一風変わった作品もある。唐の詩僧皎然《きょうねん》(生没年不詳)の手になる五言絶句、「九日《きゅうじつ》　陸処士羽《りくしょしう》と茶を飲む」がこれにあたる。陸処士羽とは『茶経《さけい》』を著した茶道の祖、陸羽《りくう》(?—八〇四?)を指す。

九日山僧院　九日　山僧《さんそう》の院

東籬菊也黄　東籬《とうり》　菊も也《ま》た黄なり
俗人多泛酒　俗人　酒に泛《うか》ぶること多く
誰解助茶香　誰か茶香《さこう》を助《ま》すを解さん

「九月九日、山僧の住む寺では、東の垣根で菊の花も黄色くなっている。俗人は、菊花を酒に浮かべることが多く、これが茶の香りを引きたてることを理解する者もいない」

試したことはないが、ジャスミン茶の例もあり芳香に満ちた菊茶も美味なのかもしれない。菊の節句に、山寺で静かに向き合う詩僧と茶人の風雅なひとときを浮き彫りした佳作である。ちなみに、この詩の第二句「東籬　菊も也た黄なり」は、東晋《とうしん》の隠遁詩人陶淵明《とうえんめい》(三六五―四二七)の「飲酒　二十首」その五をふまえる。この詩の前半六句はこう歌う。

結廬在人境　廬《ろ》を結びて人境《じんきょう》に在り
而無車馬喧　而《しか》も車馬の喧《かまびす》しき無し
問君何能爾　君に問う　何ぞ能《よ》く爾《しか》るやと
心遠地自偏　心遠ければ　地も自《おの》ずから偏《へん》なり

采菊東籬下　　菊を采《と》る　東籬の下《もと》
悠然見南山　　悠然として南山《なんざん》を見る

「庵《いおり》を構えているのは人里のなか。しかもうるさい車馬の音は聞こえてこない。どうしてそんなふうにできるのかね。心が俗世を超越していれば、土地もおのずと辺鄙《へんぴ》になるのさ。東の垣根で菊の花を折りとっていると、ふと目に入ったのは、悠然とそびえる南の山」

後世、多くの詩人の憧憬の的となった平静な境地を歌うこの詩は、菊といえば必ず連想される名詩中の名詩であり、日本でも古くからよく知られていたと思われる。

私の母は東京の下町、本所《ほんじょ》の生まれであり、数え六歳から数年間、清元のお稽古に通っていた。関東大震災後、関西に移住したこともあって、その後すっかり清元とは無縁になった。しかし、亡くなる二、三年前から遠い昔の記憶が鮮明に蘇り、毎日、名人の誉《ほま》れ高い清元志寿太夫《しずたゆう》のCDを聞いては、自分でもよく歌っていた。母が他界した後、志寿太夫のCD全集(全二十一枚)を見つけたので購入し、毎朝一枚ずつかけるようになった。

それを聞くともなしに聞いているうち、「喜撰《きせん》」という曲の出だしに、「我庵《わがいお》は芝居の辰巳《たつみ》常盤町《ときわちょう》、しかも浮世《うきよ》を離れ里」とあるのに気づき、これは陶淵明の世界だと仰天した。洋の東西を問わず、今も昔も「人境」に身をおきながら、わずらわしい世間と距離をおきつづけることが理想なのだと、わが身にひきつけて納得したことであった。

（二〇一〇年）

詩情に勝る食欲の秋

十月は衣替えなど季節の変わり目である。二十四節気でいえば、前半に寒露《かんろ》、後半に霜降《そうこう》がめぐってくる。

中国最古の詩歌集『詩経《しきょう》』の秦風に「蒹葭《けんか》」という詩があり、その冒頭に、「蒹葭は蒼蒼《そうそう》として、白露は霜と為《な》る(ヨシもアシも生い茂り、白い露の玉が霜になった)」と、歌われている。これは、露から霜へ、季節の変化を端的に表現したものにほかならない。

霜のイメージを歌った詩といえば、まず唐の大詩人李白《りはく》(七〇一―七六二)の五言絶句「静夜思《せいやし》」が思い浮かぶ。

牀前看月光
疑是地上霜
挙頭望山月
低頭思故郷

牀前《しょうぜん》　月光を看《み》る
疑うらくは是《こ》れ　地上の霜かと
頭《こうべ》を挙げて　山月を望み
頭を低《た》れて　故郷を思う

「寝台の前にさしこむ月光を見て、地上におりた霜ではないかと思う。頭をあげて山の端《は》の月をながめ、頭をさげて故郷を思う」

李白は月光から霜を連想し、さらに故郷へと思いをはせる。ほとんど無邪気な率直さで、一気に歌いあげた、透明な冷涼感ただよう名詩中の名詩である。

「静夜思」で歌われるのは、イメージ上の霜だが、ずっと時代が下った清《しん》の詩人朱彝《しゅい》尊《そん》(一六二九―一七〇九)は、五言絶句「霜降」でこの時節の情景をリアルに歌っている。

山昏月未明　　山昏《くら》く　月　未だ明らかならず
木落霜初降　　木落ち　霜　初めて降《くだ》る
何処夜帰人　　何《いず》れの処《ところ》か　夜　帰る人
一犬吠深巷　　一犬　深巷《しんこう》に吠ゆ

「山は暗く、月はまだ明るくならない。木の葉が落ち、霜が初めて降った。どこかで夜に帰る人があるのか、犬が一匹、路地の奥で吠えている」

誰でも思い当たることのある、寒々とした秋の夜の一場面を、淡々と歌う佳篇である。こうして露や霜を歌う秋の詩を読んでいると、いつのまにか身体が冷えてきて、あたたかいものが食べたくなってくる。秋の気配が感じられるようになると、スーパーの食料品売り場に、おでんの食材が並ぶようになる。大根、こんにゃく、ゆで卵等々、好みの具を入れて、ぐつぐつ煮込んで食べるおでんは、秋から冬にかけて食卓に欠かせない料理だ。身体があたたまるうえ、煮込むほど味が染み込んでおいしくなるから、何日でも食べられる。

秋が深まると、魚、野菜、果物、お菓子類も様変わりし、季節感を高める。国産マツタケは今や幻と化したが、秋刀魚《さんま》の塩焼きも食欲をそそるし、ミカンや栗もおいしい。ミカンは最近、真夏でも手に入るが、やっぱり秋や冬に食べるのが一番だ。栗もお菓子の素材にふんだんに使われ、栗羊羹や栗餅など、栗の季節にしか出ないものが、お菓子屋さんに並ぶと、うれしくなってしまう。近頃は季節を問わず、何でもあるが、やっぱり旬《しゅん》の時期に食べてこそ、季節のめぐりが実感できると思う。そういえば、母はいつも旬の初物を食べると七十五日、寿命がのびると言っていた。

風雅な秋の詩から、生来、食いしん坊の私は、つい秋のおいしい食物を連想してしまった。「天高く馬肥ゆる秋」、秋は食欲の季節でもある。爽やかな季節にたっぷり食べて充電し、夏の疲れを癒して、きびしい冬に備えたいものだ。

（二〇一一年）

紅葉に人生重ねる

十月は、暑からず寒からず、爽やかな季節なので、さまざまな行事が戸外で催される。とはいえ、二十四節気の寒露《かんろ》、霜降《そうこう》と、暦の上では着実に冬へと向かってゆく。

清の顧禄《ころく》が著した江南蘇州の歳時記『清嘉録《せいかろく》』十月の巻に、「塩菜《えんさい》(漬物)」という項目があり、「(十月になると)家ごとに白菜をカメに入れて塩漬けにし、冬の間のおいしい蓄えにする。芯はすべて取り去る。これを蔵菜《ぞうさい》あるいは塩菜という」とある。今はスーパーに行けば、一年中、ビニール袋に入った白菜の漬物が売られているけれども、やはりこうして秋の深まるなか、来たるべき冬に備えてせっせと漬け込むのが、本来のありかたであろう。なお、蘇州の塩菜では取り去った白菜の芯は捨てずに、細かく切って塩であえ、酒に漬けて瓶詰めにし、灰のなかに埋めておき、少しずつ取り出して食べるという。これを「春不老」という由。見事な廃物利用だが、いったいどんな味がするのだろう。

最近は温暖化のせいか、紅葉の見頃も遅くなったが、十月も後半に入れば、そろそろ木々も色づきだす。わが家のベランダにも三本のモミジがある。このうち一本はなぜかベゴニアの鉢から芽生えたものであり(一二〇頁参照)、以来、大事に育てて十七年。今や太い幹、堂々たる枝ぶりのりっぱなモミジになった。鉢植えなので少し早いのか、先月末から色づきはじめたが、このモミジが一面、紅葉になるときは実に美しく、毎年、眺めるのが楽しみだ。

紅葉を歌い込んだ詩といえば、唐の詩人張継《ちょうけい》(生没年不詳)の七言絶句「楓橋夜泊《ふうきょうやはく》」も、その一つである。この詩は『唐詩選』に収められており、日本でもよく知られる。

月落烏啼霜満天　　月落ち烏《からす》啼いて　霜　天に満つ
江楓漁火対愁眠　　江楓《こうふう》　漁火《ぎょか》　愁眠に対す
姑蘇城外寒山寺　　姑蘇《こそ》城外　寒山寺《かんざんじ》
夜半鐘声到客船　　夜半《やはん》の鐘声《しょうせい》　客船に到る

「月は沈み、カラスが鳴き、霜の気配が空一面に満ちわたる。紅葉した川辺の楓、あかあかと輝くいさり火が、旅の愁いで眠れない私の前に浮かびあがっている。姑蘇(蘇州)の郊外、寒山寺で、夜半につき鳴らす鐘の音が、この旅の船のなかまで聞こえてくる」

霜の降る晩秋、船中で眠れぬ夜を過ごす旅人が紅葉、漁火、鐘の音と、耳目に触れる景物によって、旅愁を深めるさまを凝縮した形で歌いあげた佳篇である。

唐の大詩人白楽天《はくらくてん》(七七二―八四六)の五言絶句「酔中　紅葉に対す」も、やはり紅葉を歌う作品だが、こちらのほうはがらりと趣を異にする。

臨風杪秋樹　風に臨《のぞ》む　杪秋《びょうしゅう》の樹
対酒長年人　酒に対す　長年《ちょうねん》の人
酔貌如霜葉　酔貌《すいぼう》は霜葉の如《ごと》く
雖紅不是春　紅《くれない》なりと雖《いえど》も　是《こ》れ春ならず

「風に枝葉を揺れ動かす晩秋の木、(それを眺めながら)酒に向き合う老人たる私。私の酔った顔は霜を経た紅葉のようだが、紅《あか》いとはいえ人生の春たる若い日の紅顔ではない」

人生の秋にさしかかったわが身をふと顧みる、ほろ苦いユーモアが印象的な作品である。

霜葉とともに一杯、一杯また一杯と酌みかわすのもいいだろうが、私としてはわが家の紅葉したモミジに時おり目をやりながら、ゆっくりミステリーでも読みたいと思う。

先日、米国でルノアールの本物をガラクタ市で手に入れた人のニュースがあった。そんな幸運は望むべくもないが、美術ミステリーならまだ読んでない本が何冊か手元にある。秋の夜長、絵画をめぐる謎解きの楽しみをのんびり味わいたいものだと、願うばかり。

（二〇一二年）

十一月

杜牧「山行」(『六言唐詩画譜』より)

花より紅い「霜葉」

温暖化のせいか、近年は紅葉も遅れがちだとはいえ、それでも十一月後半になると、木の葉がとりどりに色づきはじめ、はなやかな景色を繰り広げる。私の住む京都にはいたるところに紅葉の名所があるが、わが家の近くにも哲学の道、真如堂、金戒光明寺《こんかいこうみょうじ》(通称くろ谷さん)等々、紅葉見物を満喫できる名所がいくつもある。ことに、くろ谷さんには家のお墓があるので、散歩かたがたよくお墓参りに行くけれども、晴天の日、広大な境内を彩る燃えるような紅葉が、青空に照り映える風景は圧巻というほかない。

実は、わが家のベランダにも鉢植えのモミジが三本あり、このうちの一本には深いいわれがある。私は一九九五年春、十九年勤めた金沢大学から京都の国際日本文化研究センターに転勤した当初、合同宿舎に住み、半年後にマンションに移った。このとき、母が大事に育てていた数鉢のベゴニアのために、宿舎の庭の土を少々もらってきた。この土をベゴニアの鉢に入れたところ、驚いたことに小さなモミジが生えてきたのだ。以来十五年、途中でもう一度引っ越しして、今のマンションに移ったが、このモミジは枝ぶりよく元気に育ちつづけ、今や幹の直径は五センチほどにもなった。春には緑の葉をいっぱいにつけ、今ごろになると、なんとも色鮮やかに紅葉する。季節に応じて変容しながら、溌剌とした生命力を保ちつづけるその姿を見ると、母がこの健気《けなげ》なモミジを愛したことがしきりに思い出され、感無量になってしまう。

紅葉におおわれた壮麗な景色も、鉢植えのモミジの紅葉も、それぞれ胸にしみる美しさがあるが、紅葉を歌った名詩といえば、まず唐の詩人杜牧《とぼく》(八〇三―八五二)の七言絶句「山行《さんこう》」に指を屈するだろう。

遠上寒山石径斜　　遠く寒山《かんざん》に上《のぼ》れば　石径《せっけい》斜めなり
白雲生処有人家　　白雲生ずる処《ところ》　人家有り
停車坐愛楓林晩　　車を停《とど》めて坐《そぞ》ろに愛す　楓林《ふうりん》の晩《くれ》
霜葉紅於二月花　　霜葉《そうよう》は二月の花よりも紅《くれない》なり

「はるか寒々とした山にのぼれば、石の小道が斜めにつづく。白雲のわくあたりに人家が見える。車をとめて、何ということもなくうっとり楓樹の林の夕景色に見とれる。霜をうけた葉は春の花よりももっと紅《あか》い」

この「霜葉は二月の花よりも紅なり」という意表をついた結句は、真紅に染まった紅葉の美しさをみごとに表現した、まさに空前絶後の名句である。

十一月下旬、紅葉のさかりのころ、北陸では時として凄《すさ》まじい雷鳴がとどろくことがある。私は金沢に赴任した一年目、この雷鳴を聞いて仰天した。八歳まで富山県高岡に住んでいたものの、記憶はおぼろで、雷は夏のものだとばかり思っていたのだ。そのとき、連想したのは「上邪《じょうや》」という中国の古い民歌の一節だった。「冬に雷《いかずち》震震として、夏に雪雨《ふ》り、天地合《がっ》すれば、乃《すなわ》ち敢《あ》えて君と絶たん(冬に雷鳴がとどろき、夏に雪が降り、天と地が一つになる時が来ないかぎり、私はあなたと別れません)」という激しい恋歌である。

これによって、冬の雷は古代中国でも天変地異を示す異常現象だったことがわかるが、所変われば品変わる。北陸の冬の雷は「ブリ起こし」といい、ブリ豊漁のめでたい前兆だとされる。また、ブリ起こしの雷がとどろいた後、初雪が降ることも多いが、金沢ではじめて冬の雷を聞いた直後にも雪が降った。紅葉した木々に粉雪がふる、あの妖しくも幻想的な風景は今も忘れ難い。いずれにせよ、秋から冬へ移りゆく季節の節目を飾る、自然の祭典ともいうべき紅葉の風景には、人をはるかな思いに誘う不思議な魅力があるといえよう。

（二〇一〇年）

寒風退ける「陽春」の心

十一月になった。今年も余すところ二か月を切ったと思うと、毎年のことながら、月日のたつ速さに驚き、にわかに慌ただしい気分になる。しかも、二十四節気でいうと、立冬、小雪《しょうせつ》とつづき、暦の上では冬の季節に入る。もっとも、わが家のベランダ植木鉢群は先月末まで、菊、りんどう、芙蓉、キンモクセイ等々が次々に花開き、毎朝、今日は何が咲いているか、見るのが楽しみだった。なかでも、りんどうは一昨年秋、小さな鉢植えを買い大鉢に植え替えたところ、昨年はまったく咲かず、日照が足りなかったのかもしれないと、今年は日当たりのいい位置に出した。すると、先月も後半に入ってから、おびただしい蕾をつけて、次々に清楚な紫色の花が咲き、その健気な姿に深く感動した。

秋が深まるとともに、樹木類は落葉し、草花類もほとんど地上部は枯れてしまうが、ことに樹木類は早くも葉芽をつけるなど、来春に向けて着実に準備態勢に入っているのが見てとれる。まさに永遠回帰である。人間はそうはいかないけれども、老年に達しても、いきいきとした柔軟さを失わず、晴れやかな明るさを保ちつづける人はたくさんいる。

八十五歳の長寿を保ち、現存するだけで約一万首の詩を作った南宋の詩人陸游《りくゆう》(一一二五―一二〇九)は、その代表的存在である。陸游は、八十四歳のときに作った、「陳伯《ちんはく》予《よ》過《よ》ぎられ、予《われ》の強健なるを喜ぶ、戯れに作る(友人の陳伯予が立ち寄って、私が元気なのを喜んでくれたので、戯れに作った)」という長い題の七言絶句で、こう歌っている。

寒無氈坐甑生塵　　寒に氈《せん》の坐する無く　甑《こしき》に塵を生ず
此老年来乃爾貧　　此の老　年来　乃《すなわ》ち爾《しか》く貧なり
両頬如丹君会否　　両頬《りょうきょう》　丹《たん》の如《ごと》きを　君会《かい》するや否や
胸中原自有陽春　　胸中　原自《もとよ》り陽春有ればなり

「寒いのに毛織の敷物もなく、釜には(ご飯も炊けないので)ほこりがつもっている。この老人はずっと長年こんなに貧乏なのだ。しかし、両頬はべにを塗ったように紅《あか》いわけが、君にはわかるかな。それは、胸の中にもともとうららかな春があるからさ」

困窮した暮らしも何のその、大量の詩を作り、「紅顔の少年」のように元気はつらつとして、楽しく生きる陸游の姿が彷彿とする作品である。

考えてみれば、そもそも儒家《じゅか》思想・儒教の祖である孔子にしてからが、みずから

「憤《いきどお》りを発して食を忘れ、楽しんで以《もっ》て憂いを忘れ、老いの将《まさ》に至らんとするを知らざるのみ(私は興奮すると食事も忘れるが、楽しむときは憂いを忘れ、老いが迫るのも気づかない人間だ)」(『論語』述而《じゅつじ》篇)と述べているように、老いをものともせず、躍動する精神を保ちつづけた人であった。ちなみに、孔子は鋭敏な味覚の持ち主でもあり、「時ならざる食らわず(季節はずれのものは食べなかった)」(同、郷党《きょうとう》篇)とされる。

季節はずれのものは食べず、その季節ならではのものを食べるというのは、時空を超えた食生活の鉄則である。私の住む京都では独特の風味のあるすぐき漬がこれから出回るが、冷たい風のなかで干され、漬けこまれた漬物や干し柿などが、これからおいしくなる。近頃、つるした干し柿はめったに見かけなくなったが、私の子ども時代にはどこの家にでもつるされていた。物心がついたばかりのころ、私は家の軒先につるしてあった干し柿を、種ごと大量に食べてしまったことがあった。そんなことをしたら、種から柿の木が生えてくると母に叱られ、しばらく朝起きるたびに恐る恐る頭をさわり、生えてきていないか、確かめていたこともあった。そんな懐かしい記憶を甦《よみがえ》らせながら、滋味あふれる季節の食べ物を楽しみ、胸のなかに「陽春」を抱いて、寒風に負けず過ごしたい。

(二〇一一年)

冬ごもりはミカンと

霜月十一月になって気温が下がると、木々の葉がいっせいに色づき、その美しさに目を奪われるのもつかのま、やがてハラハラと落葉しはじめる。唐の大詩人白楽天《はくらくてん》（七七二—八四六）の七言律詩「王十八の山に帰るを送り、仙遊寺《せんゆうじ》に寄題す」の第五、第六句は、この落葉の季節の楽しみを歌った名句として、はなはだ名高い。「林間に酒を煖《あたた》めて紅葉を焼き、石上《せきじょう》に詩を題して緑苔《りょくたい》を掃《はら》う（林間で紅葉の落ち葉を燃やして酒をあたため、石の上に緑の苔をはらいのけて詩を書きつける）」という、風雅な遊び心にあふれた表現である。

風雅な趣もすばらしいが、実際には落葉の十一月は急に冷え込む季節であり、風邪を引きやすく、私も例年、悩まされる。昨年は喉にいいというキンカンを大量に食べたところ、これがきいたのか、重い風邪を引かずにすんだ。実は、わが家に鉢植えのキンカンがあり、昨秋、実をつけた。この実をつみ、インターネットで調べて砂糖煮にしたところ、皮も柔らかくおいしく仕上った。このキンカンの木は今年もたくさん実をつけており、今はまだ青いが、もうしばらく待って黄色く熟したら、また砂糖煮にしようと楽しみにしている。

キンカンもミカン科だが、俗説ではミカンも風邪の予防になるとされる。十一月になると、ミカンがスーパーや果物店の店頭に並ぶようになり、冬到来を思わせるが、中国でも十六世紀末から十七世紀初頭の明末《みん》、ミカンへの嗜好が高まった。たとえば、明末の文人張岱《ちょうたい》(一五九七—一六八九?)は、自ら「橘虐《きつぎゃく》(ミカン狂)」と称するほどのミカン好きだった。さらに、せっかちな奇人だった彼の叔父は、張岱に輪をかけた「橘虐」であり、シーズンになると、部屋中にミカンを置き、自分で皮をむいて食べるだけではまどろっこしいと、召使いにひっきりなしに皮をむかせたため、召使いは手が黄色くなったうえ、ヒビだらけシモヤケだらけになってしまったという。彼らの食べたミカンは現代の改良されたミカンとは異なるだろうが、それにしても彼らのミカン嗜好の過熱ぶりは想像を絶する。

それはさておき、ミカンといえば、子どものころコタツに入ってあたたまりながら、籠に盛ったミカンを一つまた一つ手に取っては、皮をむいて食べた冬の情景が目に浮かんでくる。私はもともと非活動的なせいもあって、木枯らしが吹くころになると、なおさら家の外に出るのがおっくうになり、あたたかい室内に執着する傾向が強くなる。南宋の詩人陸游《りくゆう》は七言絶句「十一月四日、風雨大いに作《おこ》る　二首」その一で、そんな気持ちをこう歌っている。

風巻江湖雨闇村
四山声作海濤翻
渓柴火軟蛮氈暖
我与狸奴不出門

風は江湖を巻きて　雨は村を闇《くら》くす
四山　声作《おこ》り　海濤《かいとう》　翻《ひるがえ》る
渓柴《けいさい》　火は軟らかにして　蛮氈《ばんせん》は暖かし
我《わ》れは狸奴《りど》とともに門を出《い》でず

「風は江湖を巻きあげ、雨は村を暗くする。四方の山はごうごうと音をたて、海の波濤はひるがえる。（しかし屋内では）渓谷で集めた柴がやわらかな炎をあげ、異域産の毛氈があたたかい。私は狸奴（ネコの雅称）といっしょに（冬ごもりして）表に出ないでおこう」

陸游は大変なネコ好きであり、二十首以上もネコの詩を作っている。あたたかい屋内で冬ごもりしようと歌うこの詩にも、愛猫がちゃんと登場しているのがいかにも面白い。

立冬、小雪《しょうせつ》と、冬が駆け足でやってくるこの季節、毎朝、勇気をふるって、わが家の鉢植え群に水やりをし、気分爽快となった後は、あたたかい室内でミカンでも食べながら、落ち着いた時間を過ごすことにしよう。

（二〇一二年）

十二月

鍾馗像(『中国美術全集・民間年画』より)

初恋思う長い夜

十二月に入り、今年も終わりに近づいた。年々、季節感はうすらいでいるけれども、年賀状の準備をしたり、来年のカレンダーや日めくりを買いととのえたりするうち、慌ただしい気分になってくる。

歳末の雰囲気が盛り上がるのは、やはり冬至のころからだろうか。周知のように、冬至は一年のうちで、もっとも夜が長く昼の短い日であり、日本では、カボチャを食べ、ゆず湯に入る風習が広く流布する。一説では、この日に「ン」のつく物を食べると「運」が開けるとされ、それでカボチャすなわちナンキンを食べるようになったという。また、芳香を発散するゆず湯には、さまざまな穢《けが》れをはらう「禊《みそぎ》」の意味もあるようだ。陰の極である冬至が過ぎれば、これまた一陽来復《いちようらいふく》、陽気が兆して日ごとに昼が長くなる。この陽気に対応すべく、陰陽の交差する冬至の日に、ゆず湯で身を清め、ナンキンを食べて開運を祈願するというわけだ。

中国古典詩にも冬至を歌う作品がまま見られる。唐の大詩人白楽天《はくらくてん》(七七二—八四六)の五言絶句「冬至の夜、湘霊《しょうれい》を懐《おも》う」もその一つである(湘霊は白楽天の若いころの恋人)。

艶質無由見　艶質《えんしつ》　見るに由《よし》無く
寒衾不可親　寒衾《かんきん》　親しむ可《べ》からず
何堪最長夜　何ぞ堪《た》えん　最も長き夜
倶作独眠人　倶《とも》に独《ひと》り眠る人と作《な》るを

「美しい人と会うすべもなく、冷え冷えとした布団にはとてもなじめない。一年のうちでもっとも長い夜、二人それぞれ独り寝で過ごすことに、どうして耐えられようか」白楽天は種々の事情により、この初恋の女性と結婚できなかった。後年、バランスのとれた大常識人となった彼にも激しい恋に悩み、冬至に事寄せて、こんな切ない恋歌を作った時期があったかと思うと、意外感に打たれつつ、ほほえましくなってくる。

冬至が過ぎるとクリスマスだ。クリスマスももともとは冬至の行事とかかわりがあるようだが、今や贈り物を楽しみにする子どもの祭りという印象がつよい。クリスマスが過ぎるころから、「おせち」などという立派なごちそうはとても作れない私も、やや浮足立って、お正月の準備にとりかかる構えとなる。近頃、デパートなどでは、十月後半から早くも「おせち」の見本が並ぶが、私は見て楽しむだけで、何とか自分で作ることにしている。

といっても、さほど品数が作れるわけもないが、必ず作るのは「棒だら」の煮物である。丹念に灰汁《あく》をすくいとりながら、ゆっくり棒だらを煮ていると、家のなかに独特の匂いがたちこめ、お正月近しという気分がだんだん高まってくる。

こうして歳末恒例の行事を一つずつこなしてゆくうちに大晦日がやってくる。大晦日というと、きまって思い浮かべるのは、北宋《ほくそう》の大文人蘇東坡《そとうば》(一〇三六―一一〇一)の五言古詩「別歳《べっさい》」のユーモラスな一節(末尾の第十五、第十六句)である。

去去勿回顧　去れ去れ　回顧する勿《な》かれ
還君老与衰　君に老と衰を還《かえ》さん

「旧年よ、行くがいい、ふりかえらないで。おまえに私の老いと衰えを返すから」

お正月がくると、また年をとるなどと悲観的にならず、去りゆく年に思い切りよく老いと衰えを預け、来たるべき新しい年とともに自らをリフレッシュしようというのである。冬至が過ぎれば一陽来復、除夜が過ぎればまっさらな新しい年がやってくる。私もまた、そんなふうに、何事も大らかにかつ楽天的に受けとめたいものだ。

(二〇一〇年)

一日一輪　梅花咲かせて春を待つ

子どものころから、なぜか十二月は暗いという印象がある。おそらく昼が短く日の暮れるのが早いためだろう。その極限が冬至である。冬至は一年のうちで、もっとも昼が短く夜の長い陰の極みの日だが、この日を境に陽気が兆《きざ》すとされ、日ごとに昼が長くなる。

北宋《ほくそう》の大文人蘇東坡《そとうば》は、七言絶句「冬至の日独《ひと》り吉祥寺《きっしょうじ》に遊ぶ」において、すわ一陽《いちよう》来復《らいふく》と、花(牡丹)の名所、吉祥寺(浙江省杭州市)を訪れた自らの姿を、次のように歌う。

井底微陽回未回　井底《せいてい》の微陽　回《かえ》るや未《いま》だ回らざるや
蕭蕭寒雨湿枯荄　蕭蕭《しょうしょう》たる寒雨　枯荄《こがい》を湿《うるお》す
何人更似蘇夫子　何人《なんぴと》か更に似たる　蘇夫子《ふうし》に
不是花時肯独来　是《こ》れ花の時ならざるに　肯《あ》えて独り来たる

「井戸の底にかすかな陽気がもどってきたのか、まだなのか。しとしとふる冷たい雨が、枯れた草の根をぬらしている。花(牡丹)の季節でもないのに、わざわざ一人(吉祥寺に)やってくる、この蘇先生みたいな(おめでたい)者はどこにもいないだろうよ」

自分の気の早さをユーモラスに歌ったこの詩には、花の季節を今や遅しと待ちこがれる、作者のつよい思いがこめられている。

ちなみに、十七世紀前半の明《みん》末に著された北京の風物や行事の記録、『帝京景物略《ていけいけいぶつりゃく》』(劉侗《りゅうとう》・于奕正《うえきせい》著)に、北京の人は冬至の日から「九九消寒図《しょうかんず》」を描きはじめると記されている。「九九」は寒さがつづく冬至以後の八十一日間を指し、「消寒図」は、冬至の日に梅の枝と枝につく八十一個の梅花を素描しておき、以後毎日、一個ずつ花を塗ってゆくという、いわば「塗り絵」である。八十一日かけてすべての花を塗りおわったときは、すでに春爛漫、花の咲き匂う季節になっているわけだ。これまた厳寒に耐えながら、指折り数えて春を待つ気持ちを具体的にあらわす、まことに風雅で美しい風習だといえよう。

この「九九消寒図」も梅が素材になっているところが、なかなか意味深い。なんといっても、春に先がけてまっさきに花開くのは梅なのだから。わが家のベランダも四季おりおり、いつでも花が咲いているか、あるいは実(できたら紅い実)が成っているようにしたいと思い、少しずつ鉢植えをそろえてきた。このため、ほとんどの花木がめぐりくる季節にそなえて、すでにしっかり葉芽や花芽をつけているが、とりわけ早春に咲く臘《ろう》梅《ばい》は早くもぷっくりとした花芽をつけており、これを眺めているだけで、気持ちがはずんでくる。

とはいえ、冬至が過ぎたころから、いよいよ年末の慌ただしさも本番となり、ただ花木に見惚れているわけにはいかなくなる。大家族だったこともあって、子どものころは、家の年末大掃除の日も、明治生まれでいっさい家事に関わらなかった父といっしょに逃亡し、真昼間から映画を見に行くなど、のんきに過ごすことができた。

しかし、今やそんな境地も夢と化し、何もかも自分でやらなければならなくなった。そこで何とか仕事を切りあげ、年末ぎりぎりになってから、連れ合いとともども掃除やお正月用の買い物をし、あいまを見て年賀状を書くなど、あたふた過ごしたあげく、やっと大晦日になって、年末恒例のささやかなおせち料理作りにとりかかる寸法となる。母の手順を思い出しつつ、棒だらを煮たり、ちょっとした野菜の煮物を作ったりしているうち、ようやく落ち着き、お正月の実感がわいてくる。心楽しい瞬間である。まずはなるべく手際よく、早めに年末のもろもろを片付け、今年もこの瞬間の喜びにひたりながら、来たるべき新しい年を穏やかな気分で、ゆったりと迎えたいと願う。

（二〇一一年）

楽しい新年迎えるため

京都では十一月末、南座に顔見世興行の「まねき」がかかるころから、師走の気配がつよまる。まねきは周知のように、白木に勘亭流《かんていりゅう》の独特の字体で、歌舞伎役者の名前を記した看板だが、これがずらりと並ぶ風景を目にすると、顔見世見物の習慣もないのに、なぜかウキウキした気分になる。

まねきがあがってから半月ほどすると、十二月十三日の「事始め」になる。本来はこの日に、お雑煮など正月用の煮物をするための薪を山に取りに行ったようだが、今は、祇園などの花柳界の行事として知られる。毎年きまってこの日には、華やかに着飾った芸妓さんや舞妓さんが、舞いのお師匠さんやお茶屋に一年の挨拶に出向く姿が、テレビのニュースに映し出される。同じ京都とはいえ、繁華街から離れた住宅地にあるわが家で、そのニュースを眺めながら、今年もいよいよ終わりに近づいたと、慌ただしい気分になる。

昔の中国では年末になると、各地各様、さまざまな行事が催された。清の顧禄《ころく》が著した江南蘇州の歳時記『清嘉録《せいかろく》』の十二月の巻に、「跳鍾馗《ちょうしょうき》」という面白い行事の記録が見える。十二月に入ると、ボロボロの甲冑を身につけ鍾馗に扮した者たちが、家々をめぐって鬼はらいをし、これが大晦日までつづくというものである。

鍾馗は七世紀初めの唐初、科挙に落第して自殺したが、唐の皇帝が自分を手厚く祀ってくれたことに感謝し、やがて唐王朝を守る魔除けの神となった。長い時間が経過した十七世紀の明末清初に至るや、鍾馗は広く民間の神となり、五月五日の端午の節句になると、家々ではその画像をかかげ魔除けにするようになった。この鍾馗が清代の蘇州では、端午の節句のみならず、師走にも登場し、一年の邪気をはらうとされたのだから、よほど強い霊力をもつ神だと見なされたのだろう。

それはさておき、近頃はお正月になっても着物姿の女性をあまり見かけなくなったが、昔は忙しい時間をかいくぐり、年末ぎりぎりに美容院に行き、晴れ着に合わせたヘアスタイルに整える女性が多かった。南宋の詩人劉克荘《りゅうこくそう》(一一八七―一二六九)の七言絶句「歳晩　事を書す　十首」その二は、新年をひかえ、身づくろいに浮き足だつ女性の姿をこう歌っている。

日日抄書懶出門　　日日　書を抄《しょう》して　門を出づるに懶《ものう》し
小窓弄筆到黄昏　　小窓　筆を弄《ろう》して　黄昏に到る
丫頭婢子忙匀粉　　丫頭《あとう》の婢子《ひし》　粉《おしろい》を匀《ととの》うるに忙しく

不管先生硯水渾　先生の硯水《けんすい》の渾《にご》れるを管せず

「毎日、書物を書き写し、門を出ることさえめんどうくさい。小さな窓のもとで、筆をひねりまわすうち、夕方になってしまう。丫頭(あげまき)の若い召使いは白粉を塗るのに忙しく、先生(私)の硯《すずり》の水がにごっていることなど、気にもとめない」

歳末というのに、ひたすら勉強にいそしむ謹厳な老先生と、楽しい新年を思って心ここにあらず、おめかしに余念のない召使いの少女との対比がユーモラスな、楽しい詩である。

年末までに仕上げたい仕事はあるし、恒例の正月料理も何とかおいしく作りたい。それにまだ年賀状も書き上げていないし、掃除もまだしていない等々、私などは毎年、年末になると、あたふたと慌てふためき、元旦になると、ぐったり疲れはてて、とてもおめかしどころの騒ぎではない。しかも、十二月は大雪《たいせつ》、冬至と、日ごとに寒さが増し、ただでさえ立ち働くのがおっくうになる。今年こそは、事始めのころから、きちんと予定を立てて、きびきびとこなし、余裕をもって新年を迎えたいと思うこと、しきりである。

(二〇一二年)

第二部

今のこと、昔のこと——身辺の記

母の愛したモミジ(2011 年 11 月撮影). ベゴニアの鉢から芽生え, 植え替えて 18 年経った 2013 年現在, 高さ 170 cm, 幅 110 cm, 幹の太さは直径 5 cm にまで成長した(120 頁参照).

〈一月〉

酒は量無し

今や元旦から営業しているデパートやスーパーもあり、晴れ着姿の女性を見ることも少なくなったけれども、お正月の三が日が特別なハレの日であることに変わりはない。ことに元旦はふだんと同じはずなのに、空気も新鮮に感じられ、ただの水道水もほとばしる「若水《わかみず》」のように思われて、敬虔《けいけん》な気持ちになる。

それにつけても思い出されるのは、大酒家だった私の父が、三が日には朝からおせちを肴に、楽しそうにお酒を飲んでいた姿である。今でもこの期間だけは、日中でも飲酒解禁の家が多いのではなかろうか。

ちなみに、儒家《じゅか》思想の祖孔子は洗練された味覚の持ち主であり、食材の選び方、調理の仕方、料理の盛りつけや合わせかたまで、神経のゆきとどいたものを好んだ。また、「肉《にく》は多《おお》しと雖《いえど》も、食の気《しき》に勝《か》たしめず(肉はいくら多く食べてもご飯の量を超さない)」(『論語』郷党篇《きょうとう》)と適切な分量を守ったが、飲酒だけは例外であり、「惟《た》だ酒《さけ》は量無《りょうな》し。乱《らん》に及《およ》ばず(ただ酒にはきまった分量はないが、乱れるまでは飲まない)」というふうであった。長身の偉丈夫《いじょうふ》だった孔子はお酒も格段に強く、いくら飲んでも乱に及ぶことはなかったとおぼしい。

今あげたくだりの原文は「惟酒無量不及乱」だが、これを「惟だ酒は量として乱に及ばざる無し(酒は量にかかわらず、飲めば必ず乱れる)」と読み、喜んでいた大酒飲みの大先輩がいた。昨今はお正月でも大トラになる人はめったに見かけなくなった。車社会のことゆえ、むろん望ましいことだが、お正月になるたび、わが父をはじめ昔の無邪気・無害な大酒家がなぜか無性に懐かしくなる。

(二〇一二年一月四日)

地図の話

家に、大正十二年(一九二三)三月発行の「東京市全図」という古い地図がある。関東大震災の半年前に発行されたものである。もうずいぶん前に、連れ合いが金沢の古書店で偶然みつけて買い求め、以来、わが家の宝物となった。

二〇〇九年春、九十五歳で他界した私の母は大正二年、東京の下町、本所《ほんじょ》で生まれ、十歳のとき関東大震災にあって関西に移り住むまで、本所で育った。母にとって震災前の本所は輝かしい幻の町であり、私は幼いころからずっとその話を聞いてきた。あまりに聞きつづけたので、いつしか未知の本所の町筋やそこに住む人々が、私にとっても、よく知っている身近なものに思えるようになった。母の本所への思い入れは年とともに深まり、最晩年は本所で過ごした記憶がいっそう鮮明に蘇《よみがえ》って、懐かしい記憶の世界に楽しそうに浸っていた。

そんな母がいつも語っていた浅草、吾妻橋《あづまばし》、厩橋《うまやばし》、回向院《えこういん》等々の情景は、富山県高岡生まれで京都育ちの私には縁のないものなのに、かの「東京市全図」を広げ確認していると、不思議なことにまざまざと目に浮かぶような気がする。古い地図には失われた過去を呼びさまし、再現する力があるのかもしれない。

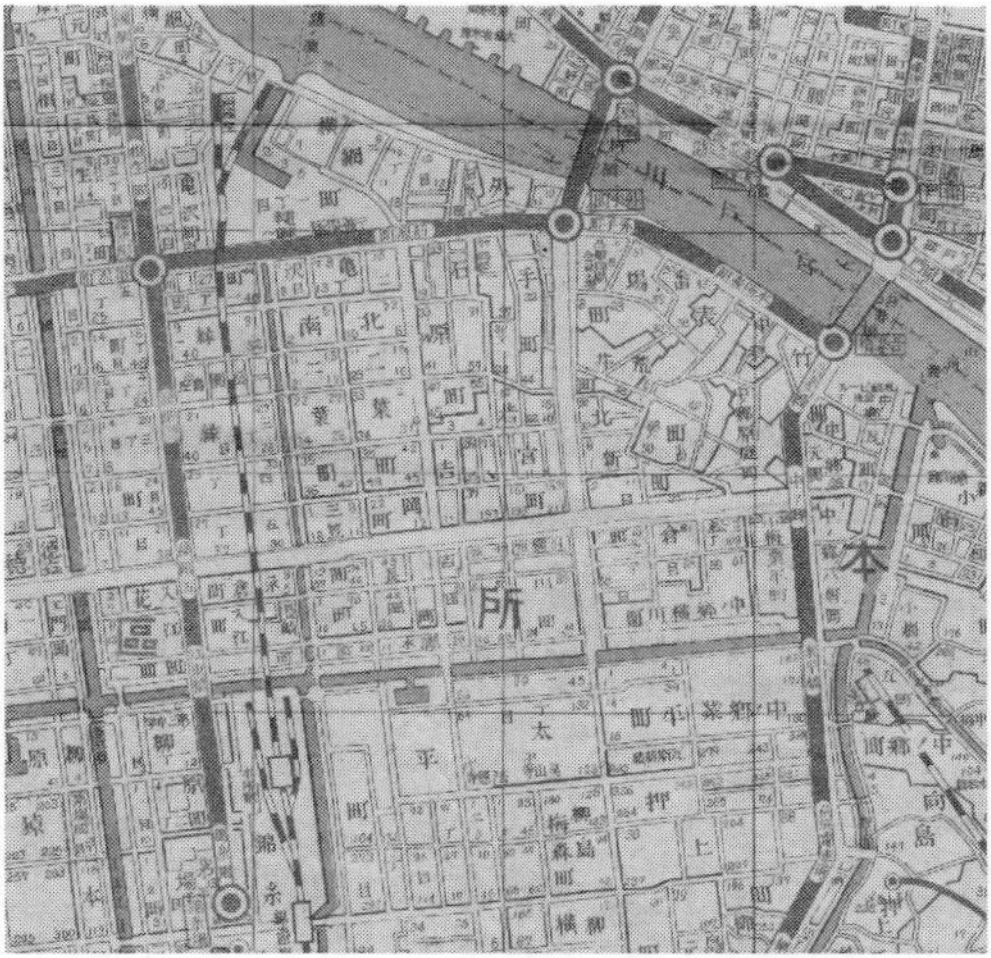

「東京市全図」(大正 12 年，龍王堂出版部発行)より

中国ではむろん地図ははるか古代から作成され、さまざまな形で活用された。三国志世界においても、劉《りゅう》備《び》が「三顧《さんこ》の礼」を尽くし、ようやく諸葛亮《しょかつりょう》と対面したとき、諸葛亮は蜀《しょく》(四川省)の地図を指し示しながら、自説の「天下三分の計」を滔々と展

開する。これを聞いた劉備はたちまちみずからの将来計画を把握するに至る。視覚的イメージに訴えかける地図には、過去を再現する力とともに、未来の展望を暗示する力もあるということだろう。（一月十一日）

後生畏る可し

近頃、一月の第二月曜になった「成人の日」は、古代中国の「冠礼《かんれい》」、すなわち数え二十歳になると冠をつける儀式に、起源をもつと思われる。年輪を重ねた身には、二十歳の若者など隔たりがありすぎて、今やほとんど想像を絶する存在だが、自戒をこめてよく思いだす言葉がある。

それは、孔子の「後生畏《おそ》る可《べ》し。焉《いずく》んぞ来者《らいしゃ》の今に如《し》かざるを知らんや」（『論語』子罕《しかん》篇）という言葉である。「後生」は後に生まれた者、後輩あるいは若者、「来者」は未来の人間を指し、「若者こそ畏敬すべきだ。未来の人間がどうして現在の人間より劣るとわかるか」という意味になる。孔子の優秀な高弟には孔子より三十も四十も年下の者が多く、老境に入った孔子はこの言葉のとおり、未来のある彼らに大きな期待をかけ、みずからの生きかたや学問の真髄《しんずい》を伝えた。

「後生」といえば、近頃、わが家の近くにユニークな店がふえた。その一つが若い女性の営む植木店である。私は花や木が好きなので、しばしば立ち寄るのだが、ふつうの花屋では見かけない珍しい花木が、四季おりおりに並べられ、購買意欲をそそられる。また、つい最近この植木店のそばに、若い男性の営むおにぎりやも開店した。釜で炊いた熱々のごはんを、注文に応じてその場でにぎってくれるので、実においしい。このほか、これまた若い女性が営むテイクアウト専門のフランス料理店もできた。

いずれも店主が一人で切り盛りする小さな店だが、それぞれ若い人ならではの、新鮮なアイデアが光っている。かくして、「後生畏る可し」と感嘆しながら、このところ、これらの店に足しげく通う楽しい日々がつづいている。（一月十八日）

時計をめぐって

私の父母は二人とも時計が好きで、いつも十数個もの掛け時計や置き時計を並べ、家中、時計だらけのありさまだった。遺伝なのか、私も時計が大好きで、とりわけ手巻きの懐中時計や腕時計には大いに心ひかれる。もっとも、近頃は手巻きの時計は超高級品となり、なかなか手が届かなくなった。

ちなみに、中国では、時計は明末（十六世紀末―十七世紀前半）、宣教師によってもたらされ、十八世紀の清代中期になると、高級官僚や富裕な人々の間で広く用いられるようになる。ただ、当時の時計はこまめに調整しないと狂いやすかったらしく、清代の歴史家にして文人の趙翼《ちょうよく》(一七二七—一八一四)は、その随筆『簷曝雑記《えんばくざっき》』で、「朝臣の鍾表《しょうひょう》を有する者は転《うた》た期会を悞《あやま》り、而《しこう》して悞らざる者は皆《み》な鍾表無き者也(朝廷の重臣で時計を持っている者はますます遅刻し、遅刻しないのはみな時計を持たない者ばかりだ)」と、面白がって述べている。書類処理がパソコンまかせになると、当初は複雑になってミスが続出し、逆に事務が停滞するのとよく似た現象だといえよう。

それはさておき、時計の最大の難点はとつぜん故障し、動かなくなることだ。最近は町の時計屋さんも少なくなり、そんな時はほんとうに困ってしまう。しかし、それでもまだ頼もしい職人気質《かたぎ》の時計屋さんがいないわけではない。私のよく行く時計屋さんの店主は、「直せない時計はない」というのが信条で、どんな古時計でも故障箇所を修繕してくれる。針のとまった時計のゼンマイが動きだし、正確に時を刻むのを見るのが、無上の喜びとおぼしい。職人気質ここにあり。プロはこうでなければと、私はいつも手放しで感嘆するのである。

(二月二十五日)

〈二月〉

気分転換

も　近づけば却《かえ》って無し、最も是《こ》れ一年　春の好き処、絶《はなは》だ勝《まさ》る　煙柳《えんりゅう》の皇都に満つるに(都大路は小雨に濡れ、ヨーグルトのようにしっとりしている。遠く一面に広がる草の緑が見えるが、近づいて見るとあるかなきかの小さな芽。これこそ一年のうちで、もっともすばらしい春景色であり、霞《かすみ》に煙る柳が都にあふれる春の盛りよりずっとまさっている)」。

一つ一つは見えないほどの小さな芽生えなのに、距離をおいて遠く眺めやると、淡く一面に薄緑色の草原が広がっている。来たるべき春の予感につつまれた美しい詩である。植物はきびしい冬に耐え、時満ちれば、けなげに再生し復活する。人もそうありたいものだとしみじみ思う。

(二月八日)

贈り物

二月から三月にかけ、バレンタインデーやホワイトデーのために、贈り物用のチョコレートが大量に売り出される。思いを寄せる相手に贈り物をする風習は、何千年も前からあった。それは、中国最古の詩歌集『詩経《しきょう》』「木瓜《ぼくか》」に、「我《わ》れに投《あた》うるに木瓜を以《もっ》てす、之《こ》れに報ゆるに瓊琚《けいきょ》を以てせん(私に木瓜《ぼけ》の実を投げかけた人に、お礼に腰におびる玉《ぎょく》を贈りましょう)」と歌われていることからも、容易に見てとれる。

いずれにしても、贈り物はやはり気持ちがこもっていないと、儀礼的になる。聞くところによれば、バレンタインのチョコレートも、これぞと思う相手には市販のものではなく、手作りのものを贈るとか。十八世紀中頃の清代に著された大長篇小説『紅楼夢《こうろうむ》』においても、豪奢《ごうしゃ》な暮らしに慣れた少年や少女が誕生日などに、手作りの刺繡や自筆の絵画を贈りあう場面が描かれている。どんなに高価なものよりも、相手のために手間暇かけて作りあげた、この世にたった一つしかないお手製を、よしとする価値観である。

戦後まもないころ、子ども時代を過ごした私は、クリスマスや誕生日に贈り物をもらった記憶がほとんどなく、また生来、不器用なので、大人になってから、手作りの品物など贈ったこともない。ただ、手先が器用で編み物が好きだった母は、せっせとマフラー、ストール、ベストなどを編んでは、身近な人に贈り、私にもいろいろ編んでくれた。母が他界してもう三年近くになるが、そんな母の手編みの品々を今も重宝して身につけている。やはり手作りの贈り物は、相手の心に懐かしく忘れがたい思いを残すものである。

（二月十五日）

血槍富士

先頃、日航の社長にきまった植木義晴氏は片岡知恵蔵の息子さんとのこと。この記事を見たとき、私は反射的に傑作時代劇「血槍富士《ちやりふじ》」（一九五五年）に出演していた少年を思い浮かべた。しかし、どうも年齢が合わない。そこでインターネットで検索した結果、あの少年はお兄さんの植木基晴氏だとわかった。何かを知りたい時、インターネットは実に便利であり、私のような連想型の人間は、思いつくまま次々に検索するうち、意外な発見をすることも多い。

さて「血槍富士」である。私は小学生のころ京都西陣に住んでおり、近くに日本映画の封切館がすべてあったので、毎日のように映画を見に行った。このため、「血槍富士」もリアルタイムで見た。酒癖のわるい主人が五人の武士と斬り合って殺された時、実直な槍持ちの下男(片岡知恵蔵)が怒りに燃えて、槍の名手でもないのに、死にもの狂いで槍を振りまわし、死闘のあげく五人を討ち果たすという、凄惨にして衝撃的な映画だった。

中国で主人の仇討《あだう》ちといえば、『史記』「刺客《しかく》列伝」に登場する豫譲《よじょう》が想起される。主人を殺された豫譲は「士は己《おのれ》を知る者の為に死す」と、何度も仇討ちを試みるが失敗、捕らわれ自死するに至った。これに比べれば、「血槍富士」の下男にははるかに救いがある。この映画は、本望を遂げた下男が、彼を慕う子ども(植木基晴)とともに帰郷するところで、余情ゆたかに終わる。

というわけで、ふと見た記事から、半世紀以上も前に見た映画の場面が記憶の深層から蘇り、また、それを見ていた子どもの自分もふいに蘇るなど、追憶の旅をしたような気分になった。人の記憶は不思議なものである。

（二月二十二日）

コレクター

今年は閏年《うるうどし》で二月が二十九日まであるが、明日からは春三月、雛《ひな》祭りも近い。中国では古来、陰暦三月三日に、「曲水流觴《きょくすいりゅうしょう》の宴（曲がりくねった流水に杯を浮かべ、順番に杯をすくいあげて自作の詩をよむ）」を催した。東晋の「書聖」王羲之《おうぎし》（三〇七―三六五）の最高傑作「蘭亭序《らんていじょ》」（三五三年作）も、この宴のさいに書かれたものである。唐第二代皇帝の太《たい》宗《そう》（六二六―六四九在位）は王羲之の書の熱狂的なコレクターであり、長らく行方のつかめなかった「蘭亭序」を必死で捜し求め、ようやく手に入れた。念願かなった太宗はこの書を愛してやまず、遺言してみずからとともに墓陵にうずめさせたという。恐るべきコレクターの独占欲である。

太宗はひたすら王羲之の真筆に的をしぼり、権力にものをいわせて強引に収集したが、時代が下り、木版印刷が盛んになった北宋《ほくそう》（九六〇―一一二七）以降の近世に、続出する書物コレクターの収集方法は各人各様、これとは大いに異なる。なかには、書物を売りに来る者がいると、どんなつまらないものでも、相手の言い値で買い取るコレクターもいた。すると、あそこに持ってゆけば、何でも高く買ってくれると評判になり、やがて善本(よい本)が自然に集まるようになったという。玉石混淆《ぎょくせきこんこう》、何でも買い集めるうち、無数の駄本のなかから、善本収集の道が開けたのである。この収集法は情報が氾濫する現代において、正確な情報を得ようとする時にも、参考になると思われる。

中国近世の書物コレクターの多くはごくふつうの知識人士大夫《したいふ》であり、衣食をきりつめて節約し、収集の資金をひねりだした。普及本で充分な私としては、その鬼気迫る善本収集熱にただ圧倒されるばかりだ。

(二月二十九日)


〈三月〉

入学試験

近頃は国立大学の入試時期も早くなったが、今を去ること数十年、私が受験したころは三月初旬だった。三月というのに、小雪が舞う猛烈な寒さのなか、三日間、暖房もない大教室で凍えながら鉛筆を走らせていたことを、今もこの時期になると思いだす。合格発表を待つ間、人並みに神詣《もう》でもした。北野天満宮の別社に通称「一言《ひとこと》さん(正式名称は牛社)」という、合格祈願のメッカともいうべき、牛を祭った小さなお社《やしろ》がある。ここには中学、高校、大学と受験のたびにお参りに行った。まさに「苦しい時の神頼み」である。

最近知ったことだが、ヤマコウバシという木があり、落葉樹なのに新葉が出るまで古い葉を落とさないため、「落ちない」と受験生に好まれるという。どんな木かと思っていたところ、たまたま先述の植木屋さんで見つけたので、さっそく買い求めた。なるほど枯葉がしっかり枝についた面白い木である。

昔の中国で試験といえば、まず官吏登用試験の「科挙《かきょ》」だ。十世紀中頃の北宋《ほくそう》以降、科挙制度が複雑になり、艱難辛苦《かんなんしんく》のあげく、老齢になってようやく合格する者も稀《まれ》ではなかった。極端な例では、七十三歳でやっと栄冠を手にした者がおり、まだ独身だったため、皇帝が若い宮女と結婚させた。すると、世間では「新人　若《も》し郎《ろう》の年　幾《いく》ばくぞと問えば、五十年前二十三（新婦にお年はいくつと聞かれたら、五十年前には二十三だと答えよう）」と歌いはやしたとされる（南宋の随筆『鶴林玉露《かくりんぎょくろ》』）。ブラックユーモアである。

現代日本では、かつてのような試験地獄は、少しは解消したのだろうか。受験生の負担が軽くなっていることを祈りたい。　（三月七日）

連鎖反応

春三月は別れの季節であり、また次の段階に進むための準備の季節でもある。この季節に卒業式帰りらしい晴れ着姿の若者を見ると、いつも唐の詩人劉廷芝《りゅうていし》（六五一？―六七八?)の七言古詩「白頭を悲しむ翁《おきな》に代る」の一節が脳裏に浮かぶ。「年年歳歳《ねんねんさいさい》　花相《あ》い似たり、歳歳年年　人同じからず(毎年、花は同じように咲くが、毎年、人は同じではありえない)」というものである。再生を繰り返す自然と、歳月の経過とともに衰えてゆく人間を対比させた名句だが、若い盛りは永続するものではないという、ほろ苦い実感がこもっている。

それはさておき、歳歳年年、同じでないのは人間だけではない。たとえば器械類がそうだ。昨年春、今の住まいに移ってちょうど十年たったころから、わが家では電子レンジ、エアコン、掃除機、洗濯機、電気コタツなどの電気器具が劣化し、次々に壊れだした。いちばん残念だったのは、一九七七年から三十四年間も愛用していた大きな電気コタツが、ある日突然壊れたことである。今まですべての原稿をこの上で書いてきたので、深い愛着があったが、なにぶん年代物であり、泣く泣く廃棄して買い換えた。

これですんだかと思いきや、つづいてガス給湯器が壊れ、大枚かけてこれも取り換えた。それがすんだころ、なんと水道栓までとまりにくくなり、つい先日これも取り換えた。まさに壊れ現象の爆発的連鎖反応であり、また壊れるものがあるのではないかと、戦戦兢兢《せんせんきょうきょう》としている。とはいえ、器械類は壊れれば、新品と取り換えることができるが、人間はそうはいかない。そうとう年代物になったわが身を加減して扱いながら、長持ちさせたいと願うばかりだ。

（三月十四日）

器械のこと

　昨日は彼岸の中日。わが家のお墓は京都の通称「くろ谷さん（金戒光明寺《こんかいこうみょうじ》）」にある。このお寺は八百年以上の歴史があり、三万基を超えるお墓がある。まさに大冥界空間であり、ここに来ると、達観したような、からっとした気分になるので、お盆やお彼岸はむろん月参りも欠かしたことがない。

　それはさておき、私は冬になると、指先が割れたり裂けたりする困った体質で、毎年、春のお彼岸ごろまで指先の痛みに悩まされる。こうして指が弱いうえ、筆圧が強いので、少し大量に原稿を書くと、眠れないほど指先がうずく。それで、一九八〇年代の中頃、ワープロが普及しだすと、さっそく手書きからワープロに変え、おかげで指先のトラブルはかなり解消した。

　ワープロは筆記用具としてはたいへんすぐれており、長らく愛用したけれども、やがてパソコンに押されて品薄になってしまった。そこで十年ほど前から、なんとか使い方をマスターして、パソコンを使うようになった。使ってみると、筆記用具としてワープロとほとんど変わらないうえ、メールやインターネットなどを使うこともできて、便利なことこのうえない。

手書き、ワープロ、パソコンと筆記方法が変わったのと並行して、原稿などを送る手段も、速達郵便、ファックス、メールと大きく変化した。私は器械に強い方ではなく、かといって極端に弱い方でもないが、ワープロやパソコンで書いても、手書きとほとんど変わらないというのが実感だ。これからも、時にはくろ谷さんの時間を超えた不思議な雰囲気に浸りながら、自分にできる範囲で、日々刻々進化する器械とつきあってゆきたいと思う。

（三月二十一日）

料理の話

私は二〇〇九年三月末、定年退職し、その約一か月後、ずっといっしょに暮らした母が九十五歳で他界した。それから早くも三年。環境が激変したために、当初は呆然としていたが、石の上にも三年、しだいに新しい暮らし方も身についてきた。といっても、もともと厳密に規則正しい生活は苦手なので、書き物をしたりする仕事の時間と、もろもろの家事をする時間やリラックスする時間を、その日の調子しだいで、適宜織りまぜながら過ごしている。

家事のうち、料理は長らく母の分担だったが、母が八十代後半になってから、自然に役割交替して作るようになった。以来十年あまり、最初は包丁がうまく使えず、野菜や果物の皮さえむけないほどだったが、いつしかそれもできるようになった。しかし、いつまでたっても煮る、焼く、炒《いた》めるといった簡単料理ばかりで、連れ合いと二人分の晩ご飯を作るだけになった今も進歩はない。

私の料理など児戯にひとしいが、中国で調理技術が画期的に進歩したのは、北宋《ほくそう》(九六〇―一一二七)以降だとされる。北宋末、放蕩《ほうとう》天子徽宗《きそう》の寵臣《ちょうしん》だった蔡京《さいけい》(一〇四七―一一二六)は悪名高い人物だが、洗練された趣味人でもあった。彼の厨房は「包子《パオズ》門《メン》(肉饅頭部門)」等々、料理の種類によって部門に分けられ、しかも各部門の内部でも役割分担があって、ネギを刻む係はひたすらネギを刻み、他のことには関知しなかったという。いかにも分業が進んだ北宋らしい話である。

専門技術をもつ料理人が総力を結集して作りあげた料理は、さぞ美味だろうが、一人何役も兼ねざるをえないわが身としては、なるべく新鮮な素材を使って、素朴な料理をおいしく食べたいと願うばかり。

(三月二十八日)

〈四月〉

出発の春

四月は入学、入社など出発の季節である。私が小学校に入学したのは大昔のことだが、当時の先生は絵も字もとても上手であり、教室の黒板に色とりどりのチョークで、満開の桜の下に立つ新入生の姿が描かれ、「きょうからたのしい一年生」と、きれいな字で記されていたことを、今もよく覚えている。

日本の入学式は桜だが、出発に花はつきもの。『三国志演義』において、劉備《りゅうび》・関《かん》羽《う》・張飛《ちょうひ》が義兄弟の契りを結ぶ舞台となったのは、「桃園結義《とうえんけつぎ》」と称されるように、張飛の家の桃園だった。満開の桃の花の下で、彼ら三人は生死をともにする誓いを立て、後漢《ごかん》末の乱世に乗り出して行くのである。

ちなみに、劉備・関羽・張飛および名軍師の諸葛亮《しょかつりょう》は、意外にも現代の中国や日本の読者にはあまり人気がない。昨今もっとも人気が高いのは、劉備軍団の猛将趙雲《ちょううん》である。「白い梨の花が舞うように」槍を自在に操る趙雲は、危機に強く、絶体絶命の瀬戸際で爆発的な力を発揮する。そんなところが、不安定な時代に生きる人々の琴線に触れるのかもしれない。

のみならず、彼は七十近くまで現役でありつづけ、諸葛亮の第一次北伐にも同行、全軍撤退のやむなきに至った時、自軍を統率し一人一騎を失うことなく帰還した。百戦錬磨の老将ならではの芸当である。危機に強く、引き際も鮮やかな趙雲には確かに、そんなふうでありたいものだと、誰しも思わずにはいられない魅力がある。私も「きょうからたのしい一年生」と出発して以来、長い歳月をくぐりぬけて生きてきた。とても趙雲のようにはゆかないが、つもり重ねた歳月を糧《かて》として、しっかり爽やかに過ごしたいものである。

（四月四日）

声について

年齢とともに風貌は変化するが、声はそう変らない。テレビを見ていて、見覚えのある俳優なのに、誰か思いだせない時、声を聞いた瞬間、思いあたることがよくある。とはいえ、声じたいは不変のものではなく、歌い手は鍛錬を積んで声質を磨き、より高度なものに変えてゆくのが常だ。

私の母は東京の下町、本所《ほんじょ》生まれで、幼いころから清元を習い、寒風のなかで声を張りあげる寒稽古もしてきた。そのせいか、声がよく透り、三年前、母が他界した後、いろいろな方が、声がまだ耳に残っていると言ってくださった。最晩年、母は清元のCDを聞いたり、習い覚えた好きな曲を高い声で歌ったりするのを、何よりの楽しみにしていた。そんなこともあって、母の没後、名人といわれた清元志寿太夫《しずたゆう》のCD全集（全二十一枚）を購入し、毎朝一枚ずつ、母の写真の前でお経代わりにかけるのが、私の日課となった。

もっとも、鍛錬しないでも、天性の大音声《だいおんじょう》はある。中国で大音声といえば、まず三国志世界の豪傑張飛《ちょうひ》に指を屈する。とりわけ、『三国志演義』に先立つ講釈師のテキスト『三国志平話《へいわ》』の描く、「長坂《ちょうはん》の戦い」の場面は凄《すさ》まじい。曹操《そうそう》の大軍三十万を向こうにまわし、わずか二十騎をもって長坂のたもとに陣取った張飛は、「わしと命がけの勝負をするものはおらんのか」と怒鳴った。すると、その耳をつんざく雷鳴のような叫び声で、橋が真っ二つに断ち切れ、曹操軍はダダッと後退した、というものである。

いずれにせよ、声を出すと身体感覚が刺激され、気分爽快になる。たまには音読したり歌ったりして、気持ちよく発散したいものだ。（四月十一日）

睡眠について

「春眠　暁《あかつき》を覚えず」と、心地よい眠りに浸る季節になった。これは、唐の孟浩然《もうこうねん》（六八九—七四〇）の五言絶句「春暁《しゅんぎょう》」の冒頭第一句であり、以下「処処　啼鳥《ていちょう》を聞く、夜来風雨の声、花落つること知んぬ多少ぞ」とつづく。夢うつつで鳥の鳴き声を聞きつつ、ゆうべ風雨の音がしたけれど、花はどれほど散ったやらと、詩人は思いめぐらす。春の陶然《とうぜん》としたひとときを描いた名詩である。

私は定年になってちょうど三年になるが、時間が自由に使えるようになり、ゆっくり眠れるのが、何よりもうれしい。思いおこせば、十五歳のころから夜型になり、以来ずっと慢性的に睡眠不足の状態だった。もっとも、ほんの短時間でも熟睡できる便利な体質であり、ことに夕食後、三十分ほどぐっと眠ると、生き返ったような気分になる。八十二歳で他界した私の父は四十代で胃潰瘍の大手術をし、医者に勧められたといって、食事の後は必ず横になっていた。その真似をしたわけでもないが、私も夕食後に短い睡眠をとるようになり、リフレッシュ効果抜群なので、この習慣は今も変わらない。

ちなみに、中国の詩には春のみならず、四季おりおり、眠りをテーマとする作品がある。たとえば、南宋の陸游《りくゆう》(一一二五—一二〇九)は「夏日《かじつ》昼寝《い》ねて、夢に一院に遊ぶ…」という長い題名の七言絶句で、真夏の昼寝の夢を歌い、南宋の劉翰《りゅうかん》(生没年不詳)は七言絶句「立秋」で、落葉の舞う秋の夜の眠りを歌い、清の羅聘《らへい》(一七三三—一七九九)は七言律詩「暖炕《オンドル》」で、厳冬のさなか、暖炕の上で快眠する喜びを歌う、という具合である。眠ることによって人はみずからを活性化し、日々再生するのかもしれない。眠りの詩でも読みながら、快適な睡眠を確保したい。

(四月十八日)

ベランダの宇宙

この二、三年、花や木がとみに好きになり、目につくたびに買い集めているうち、いつしか百鉢を超えた。幸いベランダが広めなので、花木の高低のバランスを考えながら、季節ごとに配置を換えるなどして、ちょっとした庭作りの気分を楽しんでいる。自分でもこんなに花木や庭が好きだとは思わなかったが、富山県高岡で過ごした幼年時代に住んでいた家は庭が広く、種々の樹木が植えられていた。そんな遠い記憶が時を経て蘇ったのかもしれない。

中国において、知識人士大夫《したいふ》の間で庭園熱が高まったのは、十六世紀後半から十七世紀前半の明末である。この時期、政治情勢は混乱を極めたが、その反面、商業は著しく発展し、都市が空前の繁栄を遂げた。この奇妙にアンバランスな時代において、士大夫階層の意識も変化し、それぞれの流儀で楽しく生きようとする人々が続々と出現するに至った。庭園作りに異様な情熱を燃やし、寝食を忘れて打ち込むマニアも、そんな風潮のなかで誕生した。

明末の庭園マニアの主要な舞台になったのは風光明媚《めいび》な江南だが、彼らは持てるかぎりの資金をつぎこみ、みずから先頭に立って工事を指揮し、池、築山、名石、名木、名花、数寄《すき》を凝らした建物等々を配置して、独自の庭園世界を創出した。なかには、なんの変哲もない小山をそっくり名園に作り変えた者さえいたのだから、そのただならぬ熱中ぶりが知れようというものだ。

思うに、庭は作り手の世界観や宇宙観を表わすものなのであろう。明末の庭園マニアには及びもつかないが、私も「盆栽の宇宙」ならぬ「ベランダの宇宙」で、四季おりおり花の咲く豊饒な世界に浸ってみたい。

（四月二十五日）

〈五月〉

端午の節句

風さわやかな五月になった。今年は五月五日の端午の節句と二十四節気《せっき》の一つ、立夏が重なる。日本では端午の節句は男の子の祭りであり、鯉のぼりを立てたり、兜《かぶと》を飾ったりして、健やかな成長を祈願する。この端午の節句も中国から伝わったものだ。六世紀中頃、南朝梁《りょう》の宗懍《そうりん》が著した『荊楚歳時記《けいそさいじき》』によれば、戦国時代楚《そ》の詩人屈原《くつげん》（前三三九？―前二七八）が汨羅《べきら》の淵《ふち》に身を投げて命を絶った。このため、この日に競渡《けいと》（ボートレース）を行い、その死を悼む風習が生まれたという。屈原は楚の王族だが、潔癖すぎて王や重臣に疎まれ追放されて、死を遂げるに至ったのである。端午の節句はもともと非業の死を遂げた者への鎮魂の祭りだったのだ。

その後、端午の節句はもう一人、非業の死を遂げた人物と結びつく。七世紀初めの唐初、科挙に落第して自死した鍾馗《しょうき》である。

鍾馗は自分を手厚く葬ってくれた皇帝に感謝し、やがて唐王朝を守護する魔除けの神となった。時代が下って、十七世紀の明末清初になると、鍾馗は民間の神となり、家々では端午の節句にその画像を座敷にかけて、邪気を祓《はら》う魔除けにした。日本でも端午の節句に鍾馗人形を飾る風習が流布するが、これも中国伝来のものにほかならない。

五月五日に不幸な死者の荒れ狂う魂を鎮《しず》める儀式を行ったり、魔除けの神を祭る風習が生まれたのは、立夏からしだいに暑さがまし、人が心身ともに不調に陥りやすくなることと関わりがあると思われる。そこには、威力の強い神々によって暑さとともに蔓延《まんえん》する邪気を祓ってもらい、健やかに過ごしたいという祈願がこめられている。

脈々と受け継がれる行事の深層の意味に思いをめぐらしながら、かしわ餅でも食べて邪気を祓うことにしよう。

（五月二日）

京都の山

孔子は「知者は水を楽しみ、仁者は山を楽しむ」（『論語』雍也《ようや》篇）と言っている。仁者にはほど遠いが、周囲を山に囲まれた京都に育ったせいか、私は山が好きだ。京都の山々のうち、とりわけ好きなのは比叡山と愛宕《あたご》山である。中学入学以来ほぼ二十年住んでいた市内の北では、比叡山がよく見えた。すんなりとした優美な姿もさることながら、季節や天候や時間によって、濃淡さまざまな青、紫などに微妙に変化する山肌の色あいが実に美しく、落ち込んだ気分の時も、眺めているうちに自然に癒され、すっきりした気分になった。

愛宕山は勤め先だった国際日本文化研究センターに通っていたころ、私鉄の車窓から眺めるのが楽しみだった。比叡山とは一味も二味も異なり、雄々しく屹立《きつりつ》する風情がこれまた好ましく、眺めていると元気づけられた。

今の住まいのベランダからは如意《にょい》ヶ嶽《たけ》の支峰、大文字山《だいもんじやま》が近々と真正面に見える。山が近いので空気も澄んでいるように思われ、わが家の植木鉢群の生育がいいのも、この空気のおかげかもしれない。私は大文字山には小学校の遠足で登ったきりで、眺めるだけだが、近頃、この山に登る中高年の人が多いと聞く。標高四六六メートル。軽い山歩きに絶好の高さなのであろう。

山歩きの詩といえば、唐の詩人王維《おうい》(七〇一―七六一)の五言絶句「鹿柴《ろくさい》」が名高い。「空山《くうざん》人を見ず、但《た》だ人語の響くを聞く、返景《へんけい》深林に入《い》り、復《ま》た照らす青苔《せいたい》の上」というものだ。京都の山もこの詩に歌われている山と同様、孤絶した深山幽谷ではなく、誰でも受け入れる包容力があるように思われる。もっとも、私は登るのは願い下げであり、眺めて楽しむだけで充分なのだけれども。　(五月九日)

眼鏡のこと

道家《どうか》的思想家の列子《れっし》が著したとされる『列子』に、種々の分野で卓越した技能をもつ名人について記したくだりがある。百発百中の弓の名人、紀昌《きしょう》もその一人である。彼は目の訓練を重ね、ついに毛髪につるした虱《しらみ》の心臓を、射抜くことができるようになったという。想像を絶する弓術である。

紀昌には遠く及ばないけれど、私も以前は目がよく、遠くも近くもはっきり見えた。しかし、二十年ほど前、まず手元が見えにくくなり、老眼鏡がいるようになった。さらに、近頃は遠いところまで見えにくくなり、遠近両用やら中近両用やら、もろもろの眼鏡がいるようになってしまった。

中国では明代中期以降、西洋から眼鏡が伝わり、しだいに利用者もふえた。そんななかで、清代中期の大文人袁枚《えんばい》(一七一六―一七九七)は「眼鏡を嘲《あざけ》る」「眼鏡を頌《たた》う」という二首の五言律詩を作っている。前者は老眼鏡をかけだしたころの作品で、「眼光原《も》と自《おの》ずから在るに、争《いか》でか鏡《きょう》に仗《よ》りて能《のう》を為さん(目はもともと自然にそなわっているものなのに、どうして鏡《レンズ》によって見なくてはならないのか)」などと文句たらたら、わずらわしさを嘆いている。ところが、老眼鏡に慣れた三年後の後者では、「今生《こんじょう》　留盼《りゅうはん》の処《ところ》、敢《あ》えて君と同《とも》にせざらんや(今生で、ものをじっと見る場合は、いつも必ず君といっしょだね)」などと、一転してその便利さを称《たた》えているのが、いかにも面白い。

私は目下、新旧五つの眼鏡をもち、読書用、パソコン用、テレビ用、家事用、外出用と使い分けている。こうすれば、「老眼　忽《たちま》ち童《わらべ》に還《かえ》る」(「眼鏡を頌う」第一句)とすっきり見えるのだから、まずはよしとすべきか。

(五月十六日)

花嫁によせて

欧米では六月の花嫁が好まれるが、日本では暑からず寒からずの春か秋が、結婚式シーズンのようだ。古代詩歌集『詩経《しきょう》』の「桃夭《とうよう》」が、嫁ぐ少女を「桃の夭夭たる、灼《しゃく》灼《しゃく》たる其《そ》の華《はな》(わかわかしい桃の木、つやつやしたその花)…」と称《たた》えたのをはじめ、中国古典詩には花嫁や新妻を歌ったものがある。

なかでも唐の詩人王建《おうけん》(七五五?―八三〇?)の五言絶句「新嫁娘《しんかじょう》」は、結婚したての女性の心理を活写した面白い作品である。「三日にして　廚下《ちゅうか》に入り、手を洗いて　羹湯《こうとう》を作る、未《いま》だ姑《しゅうとめ》の食性を諳《そら》んぜず、先ず小姑をして嘗《な》めしむ(嫁いで三日め台所に入り、手をきれいに手を洗ってスープを作ったけれど、まだお姑さんの好みがわからないので、まず小姑さんに味見をしてもらった)」。一所懸命、婚家先になじもうとする、なんとも初々しくもいじらしいお嫁さんである。

婚家になじみ、嫁姑の関係が良好であっても、いつか別れがやってくる。清の女性詩人廖雲錦《りょううんきん》(生没年不詳)の七言絶句「姑を哭《こく》す」は、姑と死別した喪失感を次のように歌う。「寒を禁じ暖を惜しむこと　十余春、往時　回頭すれば　倍《ま》ます神《こころ》を愴《いた》ましむ、幾《いく》度《たび》　楼に登り　親しく膳を視《み》ん、幃幕《いばく》を掲《かか》げ開くも　已《すで》に人無し」。「垂れ幕を持ち上げ開いても、もうお姿はない」という結びは、よき姑を失った彼女の深い悲しみを浮き彫りにした秀句である。

姑ならぬ実母が九十五歳で他界した時、私はこの廖雲錦の詩を読み、しみじみ身につまされた。それから三年余り、痛切な不在感はやわらぎ、今や母はいつでもどこにでも遍在しているような気がしてきた。不在から遍在へ。時の経過はこんな形で、喪失感を穏やかに癒《いや》してくれるのかもしれない。

（五月二十三日）

追憶の町歩き

京都に住んでつごう四十一年余り。その間、何度も引っ越した。一九五六年、中学入学と同時に小学校二年から住んでいた西陣を離れて、賀茂川上流の住宅地に移り、七六年春、金沢大学に赴任するまで二十年住んだ。九五年春、京都に戻って西陣のマンションに住み、数年後、また引っ越してようやく現在の住まいに落ち着いた。引っ越し魔でもないのだが、めまぐるしいことではある。

もっとも、引っ越し体験のおかげで、京都市内のいろいろな地域に土地勘があり、ついであると、かつて住んだあたりを歩きまわり、小旅行をした気分になったりする。たとえば、小学校の通学路を歩いていて、ここには同級生の家があったはずだと、ふと古びた表札を見あげ、まぎれもなくそうだった時など、半世紀以上前にタイムスリップしたような不思議な気分になる。

今まで住んだあたりにはすべて、近くに大きな商店街があった。今たずねると、代は替わっても、元気に営業をつづけている店もあるが、閉店した店も多く、昔の賑《にぎ》わいを思うと、寂しい気持ちになってしまう。

ちなみに、唐の詩人賀《が》知章《ちしょう》(六五九—七四四)の七言絶句「回郷偶書《かいきょうぐうしょ》」は、若くして離れた故郷に、八十六歳で帰ったときの感慨をこう歌う。「少小《しょうしょう》郷を離れ　老大にして回《かえ》る、郷音《きょうおん》改むる無きも鬢毛《びんもう》衰う、児童相い見《あ》るも相い識《し》らず、笑って問う　客は何処《いずこ》より来たるかと」。

「お国なまりは変わらないが、鬢の毛は薄くなってしまった」と、浦島太郎のようなわが身をユーモラスに歌う面白い詩である。

私は出無精でなかなか旅もできないのだが、ちょっとした浦島太郎気分で、近くて遠い追憶の町歩きをするのもまた、捨てがたい味わいがある。

(五月三十日)

〈六月〉　美のかたち

「楚《そ》王　細腰《さいよう》を好み、故に朝《ちょう》に餓《が》人《じん》有り」(『荀子《じゅんし》』君道篇《くんどう》)という言葉がある。戦国時代、楚の荘《そう》王(霊《れい》王ともいう)がウェストの細い女性を好んだため、宮女が争ってダイエットし、餓死者が続出したことをいう。権力者の好みに配下がへつらい従うことの喩《たと》えだが、現代日本でもスリム好みの時代風潮に合わせて、過激なダイエットを敢行する若い女性も少なくないようだ。

昔の中国では時代によって、美女の基準は変化した。スリム型の代表は前漢の成《せい》帝(前三三―前七在位)の宮女(のちに皇后)、趙飛燕《ちょうひえん》である。趙飛燕は極端な痩身で、水晶盤の上で舞ったという伝説がある。一方、豊満型の代表は白楽天(七七二―八四六)の「長《ちょう》恨歌《ごんか》」で知られる、唐の玄宗《げんそう》の寵妃、楊貴妃《ようきひ》(七一九―七五六)である。李白《りはく》(七〇一―七六二)が「雲には衣裳を想《おも》い　花には容《かたち》を想う(雲を眺めると美しい衣裳が連想され、牡丹の花を見るとあでやかな容姿が連想される)」(「清平調詞《せいへいちょうし》　三首」その一)と歌ったように、楊貴妃は牡丹に喩えられる華麗な美女だった。

この両様の美女像は、清代中期に著された長篇小説『紅楼夢《こうろうむ》』でも、ヒロインの林黛《りんたい》玉《ぎょく》が趙飛燕型の楚々たる美少女、これにつぐ薛宝釵《せつほうさ》が楊貴妃型の豊満な美少女として描かれるなど、以後、典型化して受け継がれてゆく。

ちなみに、わが家では今年、三鉢の牡丹が絢爛《けんらん》と咲きほこり、華麗な花はいいなと感動した。一方、枝いっぱいに白い小さな花をつけるオトコヨウゾメやカマツカなどを見ると、清楚な花もいいなと心うたれた。美のかたちはさまざまであり、柔軟な感受性がないと、それぞれの魅力を感じとることもできない。多様な花々を眺めながら、心躍らせる日々を重ねたいと思う。

（六月六日）

名前について

日本では夫婦別姓への抵抗が根強いようだが、中国では古来、夫婦は別姓であり、むしろ名前に対するこだわりが非常に強い。周代から二十世紀初頭の清末まで、中国ではおよそ三千年にわたって、他者および他者の父祖の本名つまり諱《いみな》を口にすることは、その存在をおかす行為と見なされ、タブーであった。諱のほかに字《あざな》と呼ばれる通称が用いられるのもこのためである。

諱のタブーはきわめて厳格であり、呼びかけに用いてはならないのはむろんのこと、その文字を口にしたり書いたりすることも憚《はばか》られ、周到に避けられた。こうなると、しばしば困った事態が起こり、このタブーにまつわる逸話も数多い。なかでも面白いのは、五代《ごだい》の乱世において、五つの王朝、十一人の皇帝に仕えた破天荒な大政治家馮道《ふうどう》(八八二―九五四)に関わる逸話である。

あるとき、馮道の食客たちが『老子』の勉強をすることになったが、最初からつまずく。というのも、『老子』の冒頭には「道の道とす可《べ》きは、常の道に非《あら》ず」とあり、ここには、パトロン馮道の諱「道」が含まれており、これは口に出せない。困ったあげく、「道」を「不敢説《ブガンシュオ》」すなわち「言えません(関西弁の「よう言わん」)」と読みかえることにした。この結果、「よう言わん」の連続で、さっぱりわけがわからなくなったという笑い話である。

名前といえば、九十を越えた母の世話を手伝ってくださった方々は必ず名前で呼びかけられ、母も元気よく返事をしていた。諱のタブーとは正反対のようだが、このやりとりを聞いていると、あらわれ方こそ違え、名前はやはり個人存在の象徴なのだと、いつも実感させられたのだった。

(六月十三日)

デパートの屋上

デパートの屋上といえば、以前は子どもの遊園地だった。私も幼いころ、両親とともにデパートに行き、大食堂で昼ごはんを食べた後、遊園地で乗り物に乗ったり、さまざまなゲームをしたりするのが、楽しみであった。

大人になってからはデパートにはよく行くものの、屋上にはついぞ行ったことがなかった。ところが、先日、時間つぶしをする必要があり、ふと思いたって何十年ぶりかで屋上に行き、思わず目を疑った。遊園地は跡形もなく、代わりに園芸店が店を開き、数百鉢もの植木が並べられていたのだ。その横には人工芝をしいたちょっとした緑地があり、端に置かれたいくつかのベンチに、老若男女がゆったりと腰をかけ、文庫本を読んでいる人もいる。私は植木好きなので、丹念に見てまわるうち、ついひと鉢買ってしまい、それをかかえて、しばらくベンチに座っていたが、風も爽やかで、実に快適であった。

こうしたデパートの屋上の変貌もおそらく少子化の影響なのであろう。中国古典文学には子どもが登場することはめったにないが、今から千数百年前に編纂された逸話集『世説新語《せせつしんご》』に、賢い子どもが登場する話がいくつかある。たとえば、ある人物が息子に「私はおまえが羨ましい。おまえには賢い息子があるからな」と言うと、息子の息子たる孫が「おじいちゃん、子どものことで父親をからかってはいけません」と、たしなめたという類の話もある。

子どもの歓声でにぎわっていた遊園地が、今は静かな大人のオアシスとなった風景を目の当たりにして、時代の変化を実感するとともに、こんな空間の使い方もあるのだと、快い驚きに浸ったことであった。

（六月二十日）

一枚の写真

家に一枚のセピア色の写真がある。写っているのは十歳くらいの可憐《かれん》な少女。二〇〇九年四月、九十五歳で他界したわが母である。清元のおさらいの会なのか、着物姿のやや緊張したポーズで、お師匠さんとおぼしき老女たちに囲まれている。母は大正十二年(一九二三)十歳で、関東大震災にあい関西に移り住むまで、東京の下町、本所《ほんじょ》に生まれ育った。祭壇に飾ったこの写真を眺めていると、最後まで本所を懐かしみ、帰りたがっていた母の思いが伝わってくる。

母があれほどまでに懐かしんだ本所とは、いったいどんなところだったのだろうか。母が繰り返し語っていたところによれば、当時、通学していたのは「明徳《めいとく》小学校」であり、家は学校の正門の真向かいにあったという。そこで、インターネットを駆使して検索すると、この小学校はすでに廃校になり、現在は「本所中学校」になっていることがわかった。

ここまで突きとめたとき、たまたま東京へ出かける予定のあった連れ合いが、ぜひとも訪ねてみたいと言いだし、つい最近、探訪に出かけた。その話によれば、中学校の正門には「明徳小学校跡」という石碑が立っており、その碑を背にして携えてきた写真を取りだし、しばし佇《たたず》んでいると、九十年ぶりに生まれ故郷に帰ってきた少女の気持ちが伝わってくるようで、思わず胸がいっぱいになったとのこと。このあたりは大震災、大空襲と、二度も灰燼《かいじん》に帰したものの、おそらく土地のエトス(気風)は脈々と生きつづけているのであろう。

祭壇に戻った写真の少女に、本所に帰れてよかったねと語りかけながら、私も近々ぜひとも訪れ、その場に立ってみたいと思うことしきりである。

(六月二十七日)

〔単行本版〕あとがき

本書は「まえがき」にも記したように、第一部「四季おりおり――詩のある日々」と第二部「今のこと、昔のこと――身辺の記」の二部構成をとっている。

第一部に収録された三十六篇のエッセイは、三年の間、毎月一回書いたものであり、季節のめぐりにそって、中国の古典詩や歳時記をとりあげ、これを核として、私の住む京都のことや、花々や木々をはじめ身近な事物について書き記した。

これに対して、第二部に収録された二十六篇のエッセイは、半年間、毎週一回書いたものであり、第一部のエッセイに比べ、文章が短いためもあって、よりいっそう日常性がつよく、主として私自身が日々の暮らしのなかで出会ったこと、感じたこと等々を、ときに中国古典と関連づけながら書きつづった。

いずれにせよ、これまた「まえがき」で記したような時期に書いたものなので、書いているうち、母のことをはじめ遠い日々の記憶がふいに蘇ってくることも、よくあった。その意味で、本書は私にとって「失われた時を求めて」のメモワールでもある。

「失われた時を求めて」といえば、本書の最後に収められた「一枚の写真」の後日談がある。連れ合いが少女時代の母の写真を携え、母が生まれ育った本所を訪ねた約一か月後、私も連れ合いともども母の写真を携えて、生まれてはじめて本所に行った。

母の家の真向かいだったという、かつての明徳小学校、現在の本所中学校の正門の前に立ったとき、母があんなに帰りたがっていたところは、ここに相違ないと確信した。

このあたりは関東大震災、東京大空襲と二度も灰燼に帰しているのに、母が懐かしんだ祖父母、父母をはじめ大家族で暮らしていた家の情景が、ありありと目に浮かぶようだった。そこはいわゆる下町のイメージとはおよそ異なる、落ち着いた静かな家並みのつづく町であった。

この話をしたとき、ある方が「本所は気風《きっぷ》のいい生活者の町です」と言ってくださり、なるほどと納得すると同時に、母の本所への一途な思いも理解できる気がした。

こうして母の写真をもって本所に行ったことにより、ようやく母が終生、帰りたがっていた幻の町本所に帰すことができたと、なぜか肩の荷を下ろしたような、ほっとした気分になった。

この関東大震災前、少女時代の母の写真(一七五頁。「一枚の写真」に付す)と大震災直前の本所界隈の地図(一四三頁。「地図の話」に付す)も、本書に収録させてもらった。それにしても、人の思いの深さは時を超えて伝わるものだと、つくづく感嘆するばかりだ。

本書ができあがるまで多くの方々のお世話になった。第一部「四季おりおり――詩のある日々」に収められたエッセイが、「季節めぐって」という総タイトルで『読売新聞』に掲載中には、同文化部の泉田友紀さんに、第二部「今のこと、昔のこと――身辺の記」に収められたエッセイが、「あすへの話題」という総タイトルで『日本経済新聞』に連載中には、同大阪本社文化グループの中野稔さんにたいへんお世話になった。自由に楽しく書かせてくださった泉田さんと中野さんに、深く感謝したい。

出版にさいしては、岩波書店の井上一夫さんと奈良林愛さんのお世話になった。長いおつきあいの井上さんは本書の構成からタイトルまで、てきぱきと的確に枠組みをきめてくださり、若い奈良林さんはきめこまかく鋭敏に編集をすすめてくださった。すてきなエッセイ集にしあげてくださった井上さんと奈良林さんに、心からお礼を申しあげたいと思う。

二〇一三年二月

井波律子

第三部

京都・大文字の麓から

母の初盆の直前，自宅マンションのベランダにて(2009年8月撮影，京都新聞社提供)．背景は送り火で有名な大文字山(89，166頁参照)．

天涼好箇の秋

秋も深まってきた。秋になるたびに思いだす詞《ツー》(もともとはメロディーに合わせて作られた歌)がある。南宋の辛棄疾《しんきしつ》(一一四〇―一二〇七)の「醜奴児《しゅうどじ》」である。この前半四句は、「少年《しょうねん》は識《し》らず　愁《うれい》の滋味《じみ》(若いときは「愁」の味わいなど知らなかった)」のに、気どって「愁」のポーズをしてみせたと歌う。これを受けた後半四句では、

而《しこう》して今《いま》は愁《うれい》の滋味《じみ》を識《し》り尽《つ》くし
説《と》かんと欲《ほっ》して還《ま》た休《や》む
説《と》かんと欲《ほっ》して還《ま》た休《や》む
却《かえ》って道《い》う　天涼好箇《てんりょうこうこ》の秋《あき》と

と歌う。すなわち、今では「愁」の味わいを知り尽くし、語ろうとしてためらったあげく、口から出たのは「爽やかないい秋だ」という言葉だけ、というのである。「天涼好箇の秋」なる表現には、浮世の辛酸を嘗《な》め尽くし老境に入った詩人が、すべてを

胸に折りたたみ、静かに秋の風景に見入る姿が浮き彫りにされ、それこそ滋味があふれる。

辛棄疾は詩人であると同時に剛直な武人であり、女真族《じょしんぞく》の金《きん》王朝が北中国を支配し、漢民族の南宋王朝が南中国に依拠した時代、反金軍団の若き猛将として活躍した。その後、南宋の行政・軍事の要職を歴任したが、終始、金との対決を旨とする剛直な主戦派であり晩年は不遇だった。そんな彼は、やはり不屈の主戦派だった南宋初期有数の詩人、楊万里《ようばんり》(一一二七—一二〇六)や陸游《りくゆう》(一一二五—一二〇九)とも親しかった。

楊万里は科挙《かきょ》に合格し官界に入ったが、これまた頗《すこぶ》る付きの硬骨漢だった。しかし、気難しい反面、好奇心がつよく抜群のユーモア感覚の持ち主でもあった。ちなみに、彼には、友人たちとともに中秋の名月を愛《め》でた宴をテーマとする「中秋《ちゅうしゅう》　諸子《しょし》と果飲《かいん》す」という七言律詩がある。その末尾二句では、

老子《ろうし》　病来《びょうらい》　渾《す》べて飲《の》まざるに
如何《いかん》ぞ　頻《しき》りに報《ほう》ず　緑尊空《りょくそんむな》しと

(病気をしてこのかた、酒を飲まなかったのに、今夜はしきりに酒樽がからになったと、呼びたてている。)

と、飲むほどに酔うほどに高揚する自らの姿をユーモラスに歌う。この二句からだけでも、楊万里の伸びやかな人となりを読みとることができる。

陸游は科挙に合格できず、不遇つづきだったが、六十五歳で引退、八十五歳で死去するまで、故郷の紹興《しょうこう》郊外で農村の暮らしにとけこみながら楽しく隠棲《いんせい》し、数千首の詩を作った。七言絶句「阿姥《あぼ》」は村祭りの日、七十を超えた老女までおめかしするさまを歌う。その後半二句は、

猶《な》お塵埃《じんあい》せる嫁《とつ》ぎし時《とき》の鏡有《かがみあ》り
東塗西抹《とうとせいまつ》　粧《しょう》を成《な》さず
（まだほこりまみれの嫁入りしたときの鏡を持っており、ペタペタ塗りたくっているが、化粧のていを成していない。）

と歌う。老女のはしゃぎぶりを、あたたかく見守るやさしさが光る一首である。

辛棄疾、楊万里、陸游。南宋きっての詩人である彼らは、いずれも不本意な大状況に対しては、最後まで筋を曲げない剛直さを保ったが、自分をとりまく日常世界とは穏やかに交感し楽しく生きた。こんなふうに毅然《きぜん》としかも穏やかな生きかたをしたいものだと思う。

（二〇一四年十一月二日）

初春の祝祭

新年になり早くも半月余りがたった。昔の中国では、旧暦一月十五日の上元《じょうげん》のころ、盛大な祝祭が催された。ちなみに、一月、七月、十月のそれぞれ十五日を上元、中元《ちゅうげん》、下元《かげん》といい、日本では今も中元のみが盛んだが、かつての中国では何といっても上元だった。

上元節は元宵節《げんしょうせつ》、灯節《ドンジエ》とも呼ばれ、街のいたるところに提灯山《ちょうちんやま》が設けられ、夜間交通禁止令も解除されて、夜どおし見物客でにぎわい、ふだんは外出などしない女性も着飾って繰り出す。階層を問わず、老若男女が入り混じってごったがえすなかで、思わぬ出会いや、奇想天外な事件がおこることもあり、この灯《あか》りのカーニバル上元節は、中国の短篇および長篇の古典白話《はくわ》(話し言葉)小説において、絶好の舞台となっている。

たとえば、梁山泊《りょうざんぱく》に集う百八人の好漢(豪傑)の大活躍を描く『水滸伝《すいこでん》』でも、上元節の出来事が重要な位置を占める。梁山泊軍団が形をととのえた後、しだいに招安《しょうあん》(朝廷に帰順すること)願望をつのらせたリーダーの宋江《そうこう》は、招安の手がかりを得るべく、上元節の提灯見物を口実に四人のお供を引き連れ、混雑にまぎれて北宋の首都開封《かいほう》に潜入する。このとき、お供の一人、いなせな色男の燕青《えんせい》が巧みに立ち回り、皇帝徽宗《きそう》の思い者である妓女李師師《りしし》に接近し、上元節の夜、宋江ともども彼女の妓楼にあがって、首尾よく酒宴をともにする。宋江は、彼女を通じて、徽宗と招安の交渉を進めようとしたのである。

この計画は失敗したものの、このときの李師師との出会いが、その後の本格的な招安計画の大きな布石となる。雲の上の人である皇帝につながる李師師と、無頼のリーダー宋江が接触するという『水滸伝』の展開は、異質な存在が境界を越えて入り混じる祝祭的な雰囲気と、切っても切れない関係がある。『水滸伝』のみならず、『金瓶梅《きんぺいばい》』や『紅《こう》楼夢《ろうむ》』においても、上元節は物語展開の節目、節目でとりあげられ、重要なポイントとなる。

たとえば、『金瓶梅』の主人公西門慶《せいもんけい》をめぐる主要な女性たちがはじめて勢ぞろいし、羽目をはずして酒宴にうち興じるのは、まさしく上元節の夜にほかならない。また、『紅楼夢』では、皇帝の貴妃となった賈元春《かげんしゅん》が、上元節に実家（賈《か》家）の豪奢《ごうしゃ》な庭園「大《たい》観園《かんえん》」に里帰りする場面をはじめ、没落の予兆をよそに、賈家の人々がこの祝祭の夜、大観園で宴を開き詩作やゲームに興じながら、しばし至福のときを過ごす姿がこまやかに描かれる。

このように中国古典白話小説は祝祭と深い関わりがあるが、考えてみれば、これらの小説はもともと「消遣《シャオチエン》（気晴らし）」を求める人々でごったがえす盛り場の、祝祭的な気分のなかで育まれた講釈を母胎とする。今や盛大な気晴らしをする機会などめったにないけれども、躍動的な物語世界を展開するこれらの小説を読んでいると、ざわめく盛り場で講釈師の巧みな語りを聞いているような、うきうきした気分になり、元気になること、請け合いである。

（二〇一五年一月十八日）

あらまほしき理想像

ミステリーの本家イギリスでは、暖炉の側の安楽椅子に身をゆだね、上質のミステリーを読むのが、何よりの楽しみだったという。それほど優雅ではないが、私も子どものころからミステリーが好きで、今もおりにつけ読んでいる。もっとも、近ごろは最新のミステリーより、アガサ・クリスティの作品を読み返すことが多い。ずいぶん前に全作を通読したのだが、ほとんどきれいさっぱり忘れており、新鮮な気分でわくわくしながら読めるのが楽しい。クリスティの作品は再読に耐える稀有《けう》のミステリーだと思う。

それはさておき、クリスティ物にはエルキュール・ポアロとミス・マープルの二人の名探偵が登場するが、私は老婦人探偵、ミス・マープルに多大なる好意を寄せている。ロンドン郊外の小さな村に住むミス・マープルは編み物好きの、いたって穏やかな老婦人だが、長い人生経験のなかで培《つちか》われた鋭い洞察力と、恐れを知らない少女のような行動力によって、錯綜した事件の全貌をみごとに明らかにする。そんなミス・マープルの姿を見ると、私はいつもいずれも長寿を保った父方の祖母と母を思い出す。

祖母は八十代後半の最晩年まで新聞を隅から隅まで読み、よくラジオを聞いていた。物知りの情報通だったので、天気予報が知りたいときなど、祖母に聞くと、たちどころに詳しく教えてくれた。また、母は九十歳を超えるまで、ミス・マープルのように編物をしていたが、その反面、身のこなしが軽く、歩くのも私より速いほどだった。二人ともそれぞれにいきいきと活発、老いてなお好奇心あふれる少女のようなところがあった。

中国の古典長篇小説『紅楼夢』の物語世界は、数十人にのぼる家族と数百人にのぼる使用人から成る、「賈《か》家」の大邸宅を舞台に展開される。賈家の頂点に立つのは、当主の母にあたる賈母《かぼ》である。賈母は昔の中国の典型的な老太太《ラオタイタイ》(大奥さま)であり、ここぞというときに怒りを爆発させ、祖母の力、母の力を発揮して威圧的に君臨している。その一方、立場の弱い賈家の少年や少女をいとおしんで強力に庇護し、芝居や宴会でにぎやかに興じることも大いに好んだ。そんなときの賈母には快活な少女を思わせるものがある。

さらにまた、『紅楼夢』には賈母の庶民版ともいうべき農家の老女、劉姥姥《りゅうラオラオ》も登場する。ひょんなことから賈家を訪れた劉姥姥はその天衣無縫、飾り気のない言動によって賈母と意気投合し、少年や少女の人気者になる。ちなみに、物語の終幕において、賈家が没落したとき、この劉姥姥が頼もしくも賈家の幼い令嬢の窮地を救う役割を担うのである。

ミス・マープルから賈母・劉姥姥まで、これら年長《た》けた女性たちは長い人生を過ごし、人の世の裏表を知り尽くしながら、思い屈することなく、明朗闊達《かったつ》な少女のような弾んだ精神を保ちつづけた。オーバーにいえば、まさに高齢化社会のあらまほしき理想像である。

（四月五日）

食の楽しみ

私は定年になってから六年余りになるが、この間、ずっと家で翻訳や書きものをしてきた。それなりに決まった暮らし方をしているが、夜型の癖が直らず、寝起きもわるく、なかなか正気づかない。このため、近ごろは起きてしばらくしたら、ベランダに出て鉢植えの花木を眺めることにしている。今の季節なら、緋ネムや白ネムが咲きそうだとか、紫陽花《あじさい》が色づいてきたとか、ムクゲの蕾《つぼみ》も膨らんできたなどと喜んでいるうち、頭がはっきりしてくる。なにしろここ数年、目につくまま買い集めた鉢植えが、百鉢をはるかに超えており、見飽きることはない。もっとも地植えでないので、これからは水やりも大変なのだが。

そうして正気づいたところで、日課の仕事にとりかかり、夕方までやると、どっと疲れ、何かおいしいものが食べたくなってくる。といっても、私の料理など高が知れており、手の込んだものを作る気力もなく、外に食事に出かけるのもおっくうだ。というわけで、けっきょくは定番の簡単料理をそそくさと作り、それでまずは満足するのがオチなのだ。

思うに、食の快楽を尽くすにも、多大なエネルギーが必要なのではなかろうか。北宋の蘇東坡《そとうば》（一〇三六―一一〇一）は、生涯に約二千八百首もの詩を作り、おびただしい散文を著した大文学者であるのみならず、画家としても書家としても超一流であり、医術・薬学・土木建築にも造詣が深いというふうに、想像を絶するほど多趣味・多芸な人だった。また、食べることも大好きで、はげしい運命の転変を繰り返しながら、いついかなるときも、ありあわせの食材を手間暇かけて調理し、おいしい料理に仕立てあげた。

また、おいしい食材を発見する能力も抜群であり、流刑地にいるときも、特産物をいちはやく見つけだして、旬《しゅん》の季節に手に入れ、舌鼓をうつなど、食の快楽を追求しつづけた。蘇東坡は金にあかせて高級料理を求めるのではなく、こうして平凡な食材に手を加えておいしい料理に仕上げ、食の喜びを尽くしながら元気に生きたのである。

清代中期の文人袁枚《えんばい》（一七一六―一七九七）も、食べることが好きで料理にも関心が深かった。彼は三十代ではやばやと官界から身を引き、以後の長い人生を筆一本で生きぬき、豊かな生活をエンジョイした。彼はおいしい料理に出会うと、その料理人から調理法を聞きとってメモし、それらをまとめて『随園食単《ずいえんしょくたん》』なる書を著しもした。ちなみに、袁枚の好んだ調理法も食材を余すところなく使い尽くすという、いたって合理的なものだった。

蘇東坡にせよ袁枚にせよ、食の快楽は、いかなるときも元気に生きるための欠かせないポイントだった。近頃、政治も社会も呆れるようなニュースが多く、気の滅入ることの多いなか、私も自分がいかなる時代を生きているのか、認識しながら、めんどうがらずに、少しは工夫を凝らして食の楽しみも味わい、マイペースで元気に生きたいものだと思う。

（六月二十一日）

疾走から成熟へ

爽やかな秋晴れの休日、バスに乗って近くの商店街に買い物に行った。そのとき、知り合いのお店の奥さんから、近くで催されているバザールの抽選券をもらい、連れ合いともども見物がてら引きに行ったところ、なんと一等賞の電気ケトルが当たり、奇跡だ、と大喜びした。ちなみに、会場は町中の由緒ある小学校で、ふと懐かしさにとらわれた。

私は一九五二年(昭和二十七)二月、小学校二年の終わりに富山県高岡市から引っ越し、西陣のこれまた由緒ある古い小学校に転校した。校舎の造りは優雅にして、まことに堂々としていた。また、当時は、車も稀《まれ》にしか通らず、マラソンのときなど、全校生徒がまだ砂利道だった堀川通に出て、ずらりと横に並び、のんびり走れるほどだった。この小学校は今も同じ場所にあるが、いくつもの小学校が統合され、すっかり変貌した。

世のなかが顕著に変わりだしたのは五六年、中学に入学してからだ。京都学芸大学(現在の京都教育大学)の附属中学校に入学した当初は、小学校に間借りしていたが、やがて真向かいにあった大学が移転しその跡に移った。レトロな建物が残っており、講堂など明治の小学校の映画ロケに使われたこともあった。むろん今は建て替えられ、跡形もない。

五九年、大徳寺の近くの公立高校に入学した。この高校は拡張、増築のさなかにあり、校内のそこここで工事がつづき、毎日、授業のたびに鞄をもって教室から教室へ移動した。まったく昔のニュース映画の常套文句、「建設の槌音《つちおと》高く」を地で行く展開だった。

三年後、京都大学文学部に入学した。宇治にあった教養部はこの前に移転し、すでに現在地に移っていた。当時は三高の木造校舎が残っており、中学時代の古めかしい校舎を思い出したりした。文学部にも昔ながらの天井の高い建物が残っており、窓もズシンと重いガラス製だった。私自身は長らく在籍していたものの、建て替えには遭わなかったが、これらの懐かしくも風情ある建物もその後すべて壊され、建て替えられた。

七六年、京都を離れて金沢大学教養部に勤め、九五年、京都の国際日本文化研究センターに転任するまで、十九年間、金沢で暮らした。この期間はバブルからその崩壊まで、社会が目まぐるしく変化したのと並行して、大学も学部の増設に始まり移転まで、まさに席の温まる暇《いとま》もなかった。とりわけ、長らくお城のなかにあった大学が、とてつもない郊外に移転したときは、また移転かと、ほんとうにがっかりし、急に風景が色あせて見えた。

こうしてふりかえってみると、子どものころからずっと、やれ移転だ、やれ改築だと、前のめりになり息せき切って疾走する時代を、生きてきたように思われる。こんなことを繰り返し、むやみに進むことより、今や立ちどまって来し方行く末をゆっくり考える時期に来ているのではなかろうか。やたらに前進をめざすより、落ち着いた成熟を望むばかり。

（十一月二十二日）

花木と人の世

年末から年始にかけて暖かく、身も心も例年の寒さを忘れているうち、大寒《だいかん》が近づくにつれて、寒さがつのり、ついに猛烈な寒波までやって来て、ふるえあがってしまった。

考えてみれば、厳寒を乗り越えてこそ、春の到来を歓ぶ気持ちもひとしおなのかもしれない。

わが家のベランダには、ここ数年のうちに増えつづけ、今や百鉢をゆうに超える植木鉢がひしめいているが、この冬の当初の暖かさが功を奏したのか、早くから種々の木々が蕾をつけ、数本ある梅のうち、厳寒の最中に、いち早く咲きはじめたものもあった。

そんななかで、とても花が咲くには至らないであろうと、なかば諦めていたにもかかわらず、気がつかないうちに、りっぱに蕾をつけたものまであり、思わずわが目を疑った。その一つが雲龍梅である。これは、屈曲した枝に無数の花が咲き、毎年、楽しみにしていたのだが、一昨年、突然枯れはじめた。慌てて土を入れ替え、植え替えると、何とか復活はしたものの、枝がやたらにビュンビュンまっすぐのびるばかりで、昨年は花も咲かなかった。いつかまた咲くときもあるかもしれないと、深く気にしないことにしていたところ、今年はいつのまにか無数の蕾をつけて、年頭からチラホラ咲きはじめ、枝までくねくねと曲がりだして、雲龍梅本来の姿に立ち返り、完全復活だと、びっくり仰天した。

いまひとつは蘭の一種シンビジウムである。私は洋物の花はあまり買わないのだが、一昨年の末、あまりに美しかったのでつい購入し、室内に置いた。花が終わった後は、ベランダに出し、普通の鉢と同様、定期的に水やりするだけだった。なかなか強靭で、春夏秋冬、葉は青々と茂りつづけたが、もう花は咲かないだろうと思い込んでいた。ところが、先日ふと見ると、なんと堂々たる花芽が数本すっくと伸びており、文字どおり驚喜した。

これらの健気《けなげ》な花木を見ていると、手をかけ成果を期待しすぎるのは、むしろ花木にとって負担であり、のびのびあるがままにまかせた方が、頑張る気になるのではないかと思えてくる。もっとも、近頃の人間社会は職業倫理もへったくれもなく、遠距離バスは大事故を起こすわ、隙あらば食品廃棄物まで転売するわ、という始末だから、あるがままにまかせていたら、この世はどうなるかと、空恐ろしくなる。

そういえば、中国の古典小説にも、清代の怪異短篇小説集『聊斎志異《りょうさいしい》』に見られるように、「花妖《かよう》(花木の精)」をテーマにした作品が多々あるが、おおむね人間が花妖の正体を突きとめようとして、その信頼を裏切り、愛想をつかされるという展開になっている。

自然のリズムと共鳴しながら、みずからの生の軌跡を着々と刻んでゆく植物のありかたには、やみくもに利益を求めて狂奔する人間よりはるかにゆたかなものがある。世も末だと花木に愛想をつかされないよう、しっかり地に足を着けて生きたいものだと思うばかり。

(二〇一六年二月七日)

変身のプロセス

春爛漫である。わが家のベランダも、先月中ごろから早咲きのおかめ桜を皮切りに、椿、アカシア、しだれ桜、ゆすら梅等々が、次々に満開になり、今や華麗な花を咲かせる西洋シャクナゲ、花海棠《はなかいどう》などが満開寸前、牡丹の蕾も日に日に膨らみ、花の咲かない樹木もあっというまに美しい若葉をつけはじめ、植物の変化の不思議に驚嘆する日々が続いている。

変化といえば、もっとも驚いたのは藤である。子どもの頃、住んでいた家に藤棚があり、その美しさが忘れられず、数年前、鉢植えの小さな苗木を買った。買った翌年の春、茶色っぽい毛虫かミノムシみたいなものがいくつかぶら下がり、虫がついたのかと思い、むしり取ろうとした。しかし、どうも虫ではないようなので、そのままにしておいたら、何とこれが花房であり、またたくまに綺麗な藤色の花に変化した。子どもの頃、花が咲いている状態しか見たことがなかったので、成長して優雅な白鳥に変身した「みにくいあひるの子」のようだと感心しながら、慌てて蕾をむしり取らなくてよかったと、胸をなでおろしたのだった。今、苗木は大きく成長し、今年もミノムシみたいな蕾を二十余りもつけている。

人はこんなに鮮やかに変身できるものではないが、三国時代の呉の孫権《そんけん》配下の名将呂《りょ》蒙《もう》(一七八―二一九)はその数少ない例であろう。呂蒙は少年時代から実戦経験は豊富ながら、勉強嫌いで、「呉下《ごか》の阿蒙《あもう》(呉のおばかさん)」とからかわれていた。しかし、後年、一念発起して勉学に励み、文武両道、呉の押しも押されもしない軍事責任者になり、その成長ぶり、変身ぶりに驚いた先輩から「復《ま》た呉下の阿蒙に非《あら》ず」と、称賛されたという。

藤や呂蒙はこうして見違えるように変身したけれども、植物にも人にも、なかなか変身できないものもいる。家のベランダには、もう七、八年もたつのに、二つ三つ花が咲いた年はあるものの、後は音沙汰なしの吉野桜が一本ある。今年は早春から花芽のような芽をたくさんつけたので、いよいよ咲くかと、ずっと楽しみにしていたが、けっきょくまたまた葉芽であり、がっかりしてしまった。しかし、よくよく見れば、木そのものはいたって元気なので、「大器晩成」であり、ゆっくり変身するかもしれないと思ったりもする。

ちなみに、大器晩成の成語のもとになったのは、後漢の始祖光武《こうぶ》帝の重臣、馬援《ばえん》(前一四―後四九)である。馬援は若い頃、まったく芽が出なかったが、彼の兄は「おまえは大器晩成だ。しばらく好きにするがいい」と励ました。そのおかげで、馬援は試行錯誤を繰り返した果てに、光武帝とめぐりあい、老境に入ってなお矍鑠《かくしゃく》と活躍しつづけたのだった。

こうしてみると、人にせよ植物にせよ、変身するにはそれぞれプロセスがあり、一朝一夕にはゆかないことがわかる。近頃はすぐ結果を出すことが求められるが、ちゃんとした結果を出すには時間がかかる。そのプロセスを見守る根気が必要だと、今更のように思う。

（四月十七日）

無用の用

エンターテインメントの快楽といえば、聞こえはいいが、推理小説を読んだり、テレビでサスペンスドラマを見たりするのが、目下のところ私にとって最たる娯楽である。つらつら考えてみるに、こんなふうに徹底した娯楽好みになったのは、たぶん子ども時代の経験によるのであろう。私は小学生時代のほとんどを西陣の千本界隈で過ごした。時あたかも一九五〇年代。日本映画の全盛期である。千本界隈には日本映画の封切館が林立し、大家族だったわが家では、ほとんど毎日、誰かが映画を見に行き、私はいつもついて行って、三本立て、四本立ての映画を見つづけた。日曜などは、映画好きだった三番目の兄といっしょに朝から深夜まで、数軒の映画館をめぐり、ヘトヘトになって帰宅した。

当時の映画は、小津安二郎、黒澤明などの「芸術的」な作品もあったけれど、早撮りの上映時間も短い娯楽物が多かった。子どもだから芸術映画は辛気臭く、もろもろの娯楽物を見るのが無上の楽しみだった。この記憶がいつまでも残り、今も寸暇を惜しんで、娯楽の文法どおりに展開されるテレビのサスペンスドラマを、つい見てしまうのだろう。

映画のほかに、子どもの頃には貸本屋にもよく通い、少女雑誌から江戸川乱歩などの探偵小説、『巌窟王(モンテクリスト伯)』『ああ無情(レ・ミゼラブル)』などの名作のダイジェスト版まで、ほぼ毎日、玉石混交《ぎょくせきこんこう》で二、三冊ずつ読みつづけた。貸本屋は一日で読まないと割増料金がかかるので、必死で読みとばし、おかげで速読のコツが自然に身についた。この貸本も娯楽物が主流であり、映画と合わせて、娯楽作品の展開の定石や文法が、自然に見分けられるようになった。だから、正攻法のエンターテインメント物は、今でもすぐおよその筋立てがわかるが、最近はルールはずれのものも多く、ありえないメチャクチャな展開だと思うと、読んだり見たりする気がなくなってしまう。

中国の『三国志演義』や『水滸伝《すいこでん》』も、庶民の「消遣《シャオチエン》(気晴らし)」のために語られた、盛り場の講釈を母胎とする。それが磨きあげられ大長篇小説になったのだから、ここには理不尽な権力に対し怒りを爆発させる闘争精神など、庶民の見果てぬ夢が巧みに凝集されており、娯楽育ちの私としては読んでいると気分が高揚してくる。エンターテインメント侮るなかれ、である。

孔子は、

飽《あ》くまで食《く》らいて日《ひ》を終《お》え、心《こころ》を用《もち》うる所無《ところな》きは、難《かた》い哉《かな》。博弈《ばくえき》なる者有《ものあ》らずや。之《こ》れを為《な》すは猶《な》お已《や》むに賢《まさ》れり。

（一日中たらふく食べて、まったく頭を使わないのは困ったものだ。すごろくや囲碁というものがあるではないか。これでもやっているほうが、何もしないよりましではないか。）（『論語』陽貨《ようか》篇）

と、だらけているよりゲームでもして頭を使った方がましだと、弟子たちを叱った。エンターテインメントの快楽も存外、人の心の深い所を照らしだす、無用の用があるのかもしれない。

（六月二十六日）

異界幻想

今年の夏も猛暑つづきだった。ここ数年、真夏の気温は高くなる一方で、三十八度をろう。

超えることさえあり、この先どうなることかと、空恐ろしくなってくる。昔はしょっち

ゆうだった夕立も近ごろは稀《まれ》になったが、八月十六日の夜、なんと送り火がつくころ、

おりあしく豪雨になり、せっかくの大文字《だいもんじ》もかすかにしか見えなかった。それでも、き

つと無数の精霊が、ほのかな灯りに送られて、静かに山の彼方にもどって行ったことだろう。

中国でも昔から、あの世すなわち冥界は山の彼方にあるという考え方が流布しており、その代表的なものが泰山《たいざん》の大冥界である。泰山大冥界は、六朝志怪《りくちょうしかい》小説と総称される怪異短篇小説群にしばしば描かれるが、その様相は欲張りの冥吏《めいり》(冥界の役人)が登場するなど、きわめて現世的である。

たとえば、ある人物が伝染病にかかって他界し、妻がお通夜をしていると、死体ががばと起き上がり、妻の手首の腕輪をもぎとってまた倒れ、息絶えた。明け方になると、だんだん生気が蘇《よみがえ》り、やがてすっかり息を吹き返して、妻に言うには、「冥吏に連れられて冥界に行く途中、冥吏に金の腕輪を贈ると、すぐ解放して家に帰してくれた」とのこと。この話では、まさに地獄の沙汰も金次第、冥界でも賄賂が横行していたことになり、冥界の神秘性などかけらもなく、いかにも中国的で笑ってしまう。

この話は、六朝志怪小説集の一つ『捜神後記《そうじんこうき》』に収められたものだが、作者は東晋《とうしん》の大詩人陶淵明《とうえんめい》(三六五―四二七)だとする説がある。ちなみに、陶淵明は理想郷を描いた

「桃花源《とうかげん》の記」の作者でもある。「桃花源の記」は以下のように展開される。

漁師が谷川を舟でさかのぼるうち、桃の花が咲き乱れる林に行きあたり、さらに舟を漕ぎ進めると、山があり、山に洞窟があった。舟を乗り捨てて洞窟に入り、ずんずん進んで行くと、やがて目の前にのどかな田園風景が広がり、老若男女がゆったりと往来する別世界があらわれる。聞けば、彼らの祖先が約五百年前、戦乱を避けてこの地に隠れ住み、以来、子子孫孫、外界とは没交渉で過ごしてきたという。漁師は彼らに歓待され、数日後、帰途についたが、その後、どんなに道を探しても見つけられず、二度と桃花源の理想郷にたどりつけなかった。

「桃花源の記」の理想郷の特徴は、無変化というところにある。ここでは五百年も時間が経過しているにもかかわらず、子子孫孫、代はかわっても同じリズムで、同質の暮らしが穏やかに繰り返されているだけなのだ。陶淵明自身、不本意な時代状況に同調することをよしとせず、隠遁の道を選んだ人だった。だからこそ、こうして悪しき変化を遮断した異界を、理想郷としてイメージしたといえよう。泰山大冥界も桃花源の理想郷も、異界への幻想をあらわしたものだが、この世の裏返しのような大冥界はどうもいただけず、やみくもな進歩や悪しき変化に背を向けて自立する、理想郷の夢でもみたいと、思うばかり。

（九月四日）

ボブ・ディラン

ボブ・ディランがノーベル賞を受賞し、こぞって一九六〇年代初め、そのフォーク時代の名曲「風に吹かれて」等々がとりあげられ、当時を中心にした紹介がなされた。しかし、ディランのすごさはデビュー以来、五十有余年、七十五歳の現在に至るまで、けっして同じ地点にとどまらず、あくまでも「変貌するアーティスト」でありつづけようとするところにあり、こうしたある時期に固着した紹介の仕方に、違和感をおぼえてしまう。

ディランは六五年ごろ、ドサ回りのロックバンドだったザ・バンドと出会い、フォークの旗手の座をふり捨て、ロックの世界に果敢に踏み入った。これがディランの最初の、そして最大の転機だった。五人のメンバーからなるザ・バンドは、私の偏愛するロックグループだが、ディランと彼らの相性は絶妙だった。やがてディランは、轟音《ごうおん》を響かせるザ・バンドをバックに、自らエレキギターをかき鳴らしながら激しく歌うツアーを敢行し、聴衆を腰が抜けるほど驚かせた。このツアーの後、大けがをしたのを機に、六七年、ディランはザ・バンドともども、ニューヨーク郊外で音楽三昧《ざんまい》の隠遁生活に入った。一年余りの隠遁はディランにとってもザ・バンドにとっても、まことに実り豊かなものだった。この間、彼らはロックと多様なアメリカ音楽の伝統をミックスさせ、ディランは荒々しさと静けさを自在に混淆《こんこう》させる新たな地平へと踏みだし、ザ・バンドは独立して、アメリカ屈指のユニークなロックグループになった。その七年後の七四年、ディランとザ・バンドはもう一度いっしょにツアーをした。このツアーがいかに白熱したものだったかは、そのアルバム『偉大なる復活』に再現されており、何度聴いても胸躍るものがある。

この二年後、ザ・バンドは解散し、四十年後の現在、五人のメンバーのうち、三人は他界してしまった。一方、ディランはこの長い年月、閃《ひらめ》きに満ちた多彩なアルバムを次々に発表し、終わりなきツアーを続行しながら、さらなる地平を追求しつづけている。まさにロックの永遠の戦士であり、その強靭さが並みたいていのものではないことが、よくわかる。

ちなみに、今回の受賞にさいし、ディランの「歌詞」は音楽と不可分であり、いわゆる詩や文学ではないという向きもあるようだが、それは違うと思う。詩はもともと歌であり、たとえば、中国最古の詩集『詩経《しきょう》』も、もともとは歌謡であった。『詩経』は今からほぼ二千五百年前、孔子が編纂したものだとされるが、孔子はある時、すばらしい音楽を聴いて陶然となり、「三月　肉の味を知らず」、すなわち、三か月間、最上のごちそうである肉を食べても、その味さえわからなかった、というほど音楽好きだった。また、『詩経』は孔子弟子集団の教科書だったが、それもただ読むのではなく、演奏したり歌ったりして学んだとおぼしい。とすれば、ディランは紛れもなく詩の原点に回帰したというべきであろう。（十一月十三日）

めぐる季節のなかで

あっという間に時間がたち、寒明《かんあ》けが近づいて来た。わが家の植木鉢群は元気潑剌、寒中から白梅や紅《あか》いサザンカがこぞって咲きだし、来たるべき春を期して、椿をはじめもろもろの花木の蕾も膨らみはじめた。めぐる季節の変化に先んじて、いちはやく態勢を整える植物の鋭敏さにはいつも驚かされるが、なかには季節の変化にはまるで関係なし、咲きたいときに咲くという、マイペースの花木も稀《まれ》にある。わが家では、去年の秋から大鉢のアジサイが咲きだし、なんと今に至るまで頑張って咲きつづけている。また、去年の夏に咲かなかった琉球アジサイが年が変わったころ、突然、きれいな花を一輪咲かせ、仰天した。

植物は季節適応型であれマイペース型であれ、命ある限り、いつもそれぞれ固有の花を咲かせ、その意味では永遠回帰性がある。しかし、人の世の移り変わりは不可逆的であり、とどまることがない。

先日、子ども時代の話をする機会があり、昭和二十年代の終わりから三十年代の初めにかけて、映画をよく見た話をしたところ、そのころ、入場料金はいくらだったかと聞かれた。なにぶん子どもだったので、自分で料金を払った記憶がなく、調べてみると、昭和三十年ごろは平均して六十円くらいだった由。それから六十年余り経過した現在では、ゆうにこの三十倍にはなっている。

ついでに京都の市電の運賃も調べてみたら、昭和二十八年から四十二年まで十三円だった。この十三円の期間は長かったので、よく覚えている。今や市電はなくなったけれども、市バスの均一区間の運賃は二百三十円だから、これまた二十倍弱であり、思わずうたた無常の念にとらわれてしまった。

映画の入場料金や乗り物の運賃ばかりでなく、この半世紀余りの変化にはまことに目まぐるしいものがある。確かに下水設備が整ってお風呂やトイレは清潔で使いやすくなり、冷暖房も完備して、生活環境は格段によくなった。近ごろはロボット掃除機まであらわれて、掃除の手間も省けるようになったし、小さなことながら、消せるボールペンもすぐれもので、私のようにしょっちゅう書きまちがう者には便利このうえない。しかし、害のないのは消せるボールペンくらいで、無害な形で電力をいかに確保してゆくかは、今後の重要な課題であり、また温暖化の問題もある。快適さや便利さだけを無限に追求すれば、けっきょく高いツケを払う羽目になると、不安になってしまう。

かてて加えて、最近は国内も国外も根底的に社会的・政治的に情勢不穏であり、時代が試行錯誤の果てに逆行しているような気がしてくる。物質的な生活形態は新たな難問を生みだしながらも、変化を重ねる一方、人の精神や考え方は行きつもどりつして、いっこうにはかばかしい進展もない。植物の永遠回帰には感嘆するが、人の世のめぐる季節のなかで、古色蒼然とした仕組みの過去への回帰だけは、願い下げにしたいものだと思う。

（二〇一七年一月二十九日）

花の仙人

今年はいつまでも寒く、なかなか冬物が手放せない。そんななかでも、わが家では二月に、まず種々の梅が次々に咲いて芳香を漂わせ、三月半ばになると、早咲きのおかめ桜が咲きだし、これにつづいて、マンサク、もろもろの椿、牡丹、桜、アカシア等々の蕾が、競って膨らみはじめた。こうしていちはやく春の気配に包まれた、マンションのささやかな空中庭園を眺めていると、自然のめぐりを実感していつも弾んだ気分になる。

私も相当以上に花木が好きだが、十七世紀初め、中国の明末に編纂された三部の白話《はくわ》（話し言葉）短篇小説集「三言《さんげん》」のなかに、桁はずれの花マニアを描いた作品がある。題して「灌園叟《かんえんそう》　晩《ひぐれ》に仙女《せんにょ》に逢《あ》うこと」という。この物語はあらまし次のように展開

好きだった。

母は東京の下町本所《ほんじょ》の生まれであり、大正十二年(一九二三)十歳のときに、関東大震災に遭遇し、家族ともども命からがら大阪に移り住んだ。母はこの恐怖の記憶を深層に刻みつけながら、終生、失われた震災前の東京の下町を懐かしみつづけた。私は幼い頃から母に、震災に至るまでの話を聞かされてきたので、自分もその時代に生きあわせ、その情景を見たような、錯覚にとらわれることもよくあった。そんなこともあって、この数年、東京へ行く機会があるとき、おりにつけ本所から隅田川界隈をぶらつくようになった。

つい先日も、両国に行ってみようと思いたち、テレビでよく見る江戸東京博物館を見学した。この博物館は国技館のすぐ側にあるのだが、予想に反して巨大な白亜の殿堂であった。展示は充実していたが、館内をめぐっているうちに、この世ならぬ世界をさまよっているような、何ともいえない奇妙な感覚に襲われた。京都に帰ってから、あんな広大な土地に以前、何があったのかと思い、たまたま家にある震災前の東京の地図を調べてみた。すると、この博物館はなんと関東大震災で三万八千人余りの焼死者を出した被服廠《ひふくしょう》跡に、隣接していることがわかった。ちなみに、江戸時代以来、何度も災禍に見舞われた東京の地を訪ね、地底から響く死者の声に耳を傾けながら、洒脱な筆致で埋もれた東京の歴史を掘り起こした秀作、小沢信男著『東京骨灰紀行』には、江戸東京博物館について、以下のように記されている。「(江戸東京博物館の)四本脚の大机は、被服廠跡へむけてピタリと据えてある。(中略)してみれば、この全体が、すなわち香華台なんだ!」

この白亜の博物館は、江戸時代このかた関東大震災、東京大空襲に至るまでの災害による、おびただしい死者のための香華台だというのである。時移り人かわり、人は災禍の記憶を忘れても、土地はけっして忘れない。そうした「土地の記憶」を凝集した力が、あのときの奇妙な感覚を呼び起こしたのかもしれない。そう思うと、慄然《りつぜん》とすると同時に、何もかもなかったように忘れたふりをして、どんどん後もどりする感のある現代社会の風潮は、過去も歴史も顧みない、敬虔《けいけん》さを失ったやり方だと、今さらのように嘆かわしくなる。

それにつけても、震災、空襲と二度も灰燼《かいじん》に帰しながら、再生した母の故郷の本所には、アジサイが数多く植えられており、その情景がわが家のアジサイと重なって、花木も土地と同様、人の来し方行く末をじっと見ているのだと、思われてならないのである。

(六月十八日)

時の流れ

今年の京都の夏は、気温は高いけれども、曇天が多く夕立もよく降った。こんな高温多湿の気候は人間には辛いが、花木には具合がいいのか、わが家の鉢植えの花木も成長いちじるしい。巨木になるものは鉢植えに向かないと知りつつ、つい姿のよさにひかれ、数年前に幼木や苗木で購入した高野槙《こうやまき》、黒松、ナギ等々も、この夏で一段と大きくなった。早くも巨木の風情を漂わせるこれらの木々を眺めていると、酷暑も忘れさわやかな気分になる。

こうして何とか蒸し暑さをしのいでいるうち、五山《ござん》の送り火もすんだ。去年は土砂降りだったが、今年は天気がよく、赤い火が夜空に映えて格段に美しかった。毎年のことだが、送り火を見るたび、もう一年たったのかと、時の流れの速さに驚いてしまう。子どものころの一日は長かったのに、年齢を重ねるほど、時の流れが加速するように思われてならない。

中国の古い物語に、時の流れをテーマにした名作がいくつかある。その一つは、「爛《らん》柯《か》説話《せつわ》(腐った斧の話)」と呼ばれる作品である。ある樵《きこり》が道に迷い、山中の洞窟で囲碁に興じる二人の童子(実は仙人)に出会い、手に持っていた斧を地面に置いて彼らの勝負を観戦した。やがて、ふと我にかえると、地面に置いた斧の柄がすっかり朽ちてしまっている。そこで、山を下りて村に帰ると、知らない顔ばかり。樵が山中の洞窟にいた間に、なんと下界では長い歳月が経過していたのだ。この樵は、その一瞬が人間世界の何十年にもあたるという、ゆるやかな仙界の時間の流れのなかに迷い込んでしまったのである。

唐代伝奇小説の「枕中記《ちんちゅうき》」や「南柯太守伝《なんかたいしゅでん》」には、この「爛柯説話」とは対照的に、人間世界よりはるかに急テンポに時間の流れる異界がとりあげられている。たとえば「枕中記」の物語はざっと以下のとおり。

盧生《ろせい》という若者が邯鄲《かんたん》(河北省)の茶店で、仙人の呂翁《りょおう》に青磁の枕を借りて深い眠りに落ちたところ、枕の両端に開いた穴がみるみるうちに拡大し、その中に吸い込まれた。この枕の中の世界で、彼は宰相になるなど、五十年余り栄耀栄華を極め、八十余歳で大往生を遂げた。しかし、目が覚めると茶店におり、眠り込むまえに茶店の主人が炊いていた黍飯《きびめし》もまだ炊きあがっていない。枕の中の世界では五十年以上も経過していたのに、現実世界ではほんのわずかの時間しか流れていなかったのだ。盧生は、この夢によって、出世したいとあくせく生きることの空しさを実感したのだった。

人間世界の時間は、ゆるやかな仙界的時間と比べれば急テンポに流れ、枕の中の世界のようなミニチュア的時間に比べれば、スローテンポに流れるとする、これらの物語の意味するところは、なかなか含蓄が深い。あたふたと息せき切って暮らすより、仙界的時間の流れに乗ることは無理としても、一日たっぷり充足して暮らした子ども時代や、マイペースで自然と共生する花木のように、日々のびやかにゆったりと過ごしたいものである。

（八月二十七日）

タフな詩人たち

今年の秋はぐずついた天気が多く、十月も下旬に入ってから台風までやって来た。強風のせいで、わが家のベランダに並べた植木鉢もバタバタ倒れたが、幸いいずれも無傷で、枝一本折れなかった。のみならず、台風一過の翌日、ここ一、二年咲かなかったリンドウが久々の陽光を浴びて、無数の花を咲かせ、その健気さに感嘆することしきりだった。

私は定年後、とみに花木が好きになり、次々に買い込むようになった。かくして九年近く、今やベランダにはぎっしり植木鉢が並び、高野槙《こうやまき》、黒松、ナギなど、巨木の素質をもつ木々をはじめとして、どれも見違えるほどたくましく成長した。花木はこうして健やかに日々、成長しているが、私自身は、老化による不調をかこつ同世代の友人が少なくないおりから、加齢を自覚して無理をせず、マイペースで過ごしたいと思うばかり。

中国古典詩においてわが身の衰えをテーマとする作品が増えてくるのは、宋代（北宋九六〇—一一二七、南宋一一二七—一二七九）以降である。

たとえば、北宋の詩人梅堯臣《ばいぎょうしん》(一〇〇二—一〇六〇)は、

我《わ》が目《め》　忽《にわ》かに昏《くら》きを病《や》む
白昼《はくちゅう》　霧《きり》に逢《あ》えるが若《ごと》し
(私の目が急にかすんで見えにくくなり、真昼間なのに、霧のなかにいるようだ。)

と歌いだす五言律詩「目《め》昏《こん》す」において、自分の目がいかにつごうがわるいか、微に入り細にわたって描写している。また、南宋の詩人范成大《はんせいだい》(一一二六—一一九三)は、

歴歴《れきれき》　何《なん》に従《よ》りてか起《お》こる
冷冷《れいれい》　耳《みみ》と謀《はか》る
(ジージーと鳴る音はどこから来るのだろうか、リンリンとたえず耳に相談をもちかける。)

と歌いだす五言律詩「耳鳴《みみな》りて戯《たわむ》れに題《だい》す」において、うっとうしい耳鳴りの悩みをユーモラスに表現する。
さらにまた、南宋の詩人陸游《りくゆう》(一一二五—一二〇九)は、

稽山《けいざん》　九十《きゅうじゅう》の翁《おう》
病《やまい》より起《た》ちて　気力無《きりょくな》し
（会稽山の麓《ふもと》の九十歳のじいさんは、病みあがりで気力もない。）

と歌いだす五言律詩「秋思《しゅうし》　四首」（その三）において、心身の衰えを誇張しながら表現するという具合である。ちなみに、陸游はこのとき九十にはまだまだ手前の八十四歳だった。

今あげた三人のうち、梅堯臣は五十九歳、范成大は六十八歳で他界したが、現存する詩篇は、前者が二千八百首余り、後者が千九百首余り、両者ともに長らく官界に身を置き、多忙だったことを考え合わせれば、けっして少ない数ではない。陸游に至っては、八十五歳の長寿を保ち、その詩篇は現存するだけで九千二百首余りにのぼる。しかも、このうち約三分の一にあたる三千首はなんと八十歳以降の作品である。

陸游はむろんのこと、梅堯臣にせよ范成大にせよ、わが身の衰えを堂々と表現し、笑い飛ばすタフな強靭さがある。八十を超えても詩を作りつづけた陸游には及びもつかないとしても、健気な花木に元気づけられながら、日々、心ゆたかに過ごしたいものだと思う。

（十一月十二日）

替天行道の夢

この冬はことのほか寒さがきびしく、北海道、東北、北陸などでは大雪になっているようだ。私は富山県高岡で生まれ、小学校二年まで暮らしていた。そのころは毎年のように大雪が降り、子どもだった私は竹スキーを持ち出し、雪遊びに夢中になった。その後、京都に移り住んで二十年余り、一九七六年四月に金沢大学に赴任した。

赴任した年の暮れから翌年一月にかけて、金沢は十数年ぶりの豪雪に見舞われた。私は子ども時代の記憶があり、雪には馴れていると自負していたが、いざ豪雪に直面すると、そんな自負はたちまち吹き飛んだ。雪道を歩けばすぐ滑ってひっくり返り、毎日、雪の降りつづく灰色の空を見上げて、ため息をつくばかり。まるで天空に、ハラハラと涙を流しつづけるように、雪を降らせる大きな眼、つまりは「天眼」があるような気がした。

このコラムのタイトルも天眼だが、天眼はもともと仏教用語で、辞書によれば「肉眼で見ることのできない物事を見通す眼力、千里眼」という意味らしい。私が雪の金沢で実感した天眼には、そんな深い意味はなく、降りつづく雪から連想した単純なものに過ぎないが、中国の大長篇小説『水滸伝』には、具体的で衝撃的な天眼のイメージが出現する。

最古の刊本によれば全百回から成る、『水滸伝』の最大の魅力は、北宋末の乱世、魔王から転生した百八人の無頼の好漢(豪傑)が、次々に梁山泊に集まり、信義を重んじる侠の精神によって結ばれ、「替天行道《たいてんこうどう》(天に替わって道を行う)」の旗じるしのもと、悪なる権力と果敢に戦う姿が鮮烈に描かれているところにある。そのクライマックスは、梁山泊に百八人が勢ぞろいし、盛大な祭祀を行う場面である(第七十一回)。このとき、天上に位置する天眼が開き、そこから火が渦巻きながら落下して地面に突っこんだ。天眼が閉じた後、火の塊を捜して地面を掘ったところ、石碑があらわれ、古代文字で百八人の好漢の名が、ランクに応じて順番に記されており、その脇に「替天行道」の四字も明記されていた。

なんとも神秘的な話だが、こうして百八人の無頼の好漢は、大いなる天から啓示を受けて、その存在を認められ、活躍を保証されたにもかかわらず、やがて招安され(朝廷に帰順し無罪放免になること)、官軍として二度にわたって出陣し、激戦のあげく、ついに壊滅に至るのである。『水滸伝』はこのように百八人の好漢、ひいては梁山泊軍団の輝かしい興隆期から悲劇的結末に至るまでを、臨場感ゆたかに描き切った傑作にほかならない。

梁山泊の好漢百八人は、物語世界では滅び去ったけれども、彼らの抱いた「替天行道」の夢は時間を超えて脈々と生きつづけ、現在に至るまで、理不尽なことが横行する時代に、生きあわせた後世の人々を鼓舞しつづけている。こうして夢を失わないかぎり、かの天眼もふたたび開く日が来るかもしれないと、願望をこめつつ、思ったりするのである。

（二〇一八年一月二十八日）

休養について

今年の冬はことのほか寒さが厳しかったが、三月中頃から、身も心もホッとするような暖かい日が多くなった。わが家のベランダの植木鉢群も、気候の変化にいちはやく応じて、木瓜《ぼけ》、椿、馬酔木《あせび》、桜、ゆすら梅等々が次々に咲きはじめ、牡丹の花芽もぐんぐん膨らんできた。このなかには、去年咲かなかったものも幾つかあるが、逆に去年は盛大に咲いたのに、今年は咲く気配もないものもある。植物はこうしてみずから適宜、休養し、次の開花の季節を期して、エネルギーを蓄えているようにみえる。なんと賢明なことであろうか。

私は花木が好きだが、無精なせいもあって、朝な夕な細やかに世話をすることは苦手だ。もしかしたら、ベランダの花木はそんな私に期待せず、みずからのペースを堅持して、しっかり自立しているのではないだろうかと、勝手に納得し頼もしく思ったりもする。

それはさておき、植物はこうして持続のための休養をとるのだから、人間だってやたら頑張るのが能ではなく、時には心身をゆったりとリラックスさせ、休むことも必要なのではなかろうか。そうは思うものの、私はいたって無趣味なので、休むといっても、せいぜい好きな外国ミステリーや中国の怪異短篇小説を読んで楽しむくらいが関の山だ。

外国ミステリーについては、以前はアガサ・クリスティなど古典物しか読まなかったが、昨今は北欧物をはじめ、現代ミステリーを大量に読むようになった。読み慣れると、古典物と違ってスピード感があり、なかなか面白い。一方、中国の怪異短篇小説は、東晋(三一七—四二〇)の干宝《かんぽう》(生没年不詳)の怪異譚集『捜神記《そうしんき》』以来、千五百年以上にわたり、無数の文人の手で絶え間なく作られつづけ、それらをまとめた怪異譚集もおびただしい数にのぼる。こうした作品は作者にとっても読者にとっても、精神的快楽を求める「消遣《シャオチエン》(暇つぶし)」のためのものだが、なにしろ数が多いので、読んでも読んでも尽きることがない。

怪異譚のテーマでもっとも多いのは幽霊譚だが、なかにはすっとぼけたユーモラスなものもある。たとえば、南宋の洪邁《こうまい》(一一二三—一二〇二)の著した『夷堅志《いけんし》』に見える「范陽《はんよう》の古瓶《こへい》」は、その最たるものだ。これはたいへん短いものだが、内容は以下のとおり。

ある人物が古い瓶を手に入れたところ、これが不思議な代物で、お湯を入れても冷めることがない。郊外に遠出するとき、これに熱々の湯を入れて持って行き、一服して茶葉にそそぐと、沸かしたてのようだった。しかし、ふとしたことで割ってしまい、なかを見ると、底に鬼《き》(怪物)が火を持って燃やしているさまが、精密に浮き彫りにされていた、というものだ。「これぞ、まことの魔法瓶」と、思わずふっと笑ってしまう面白い話である。

花木の自在なありかたを見習って、私も幸い定年後の気楽な身であり、時にミステリーや怪異譚を読んで楽しく休息しながら、バランスのとれた暮らし方をしたいものだと思う。

（四月八日）

記録の重要性

今年の春は、真夏のような暑い日があったかと思うと、急に寒くなったり、寒暖の差が激しく、その変化に身体がついてゆかなかった。それにひきかえ、ベランダの花木は気温の変化も何のその、それぞれ固有のリズムによって、花の咲くものは咲き、咲かないものも若葉が出たかと思うと、あっというまに生い茂り、今やベランダは密林状態と化した。なかでも今年は黒松、スギ、高野槙《こうやまき》等々、常緑樹の生育が著しく、見ほれるばかりだ。

花木を眺めていると、つかのま浮世離れのした楽しい気分になるものの、浮世のほうは、次から次に文書の改ざんが明らかになるなど、まったくうんざりすることが多い。

ちなみに、古代の中国では何より記録が重視された。『春秋左氏伝《しゅんじゅうさしでん》』(襄公《じょうこう》二十五年)に、こんな話がある。今を去ること二千五百六十有余年、紀元前五四八年の春秋時代、斉《せい》の国の重臣崔杼《さいちょ》が君主の荘公《そうこう》を殺し、荘公の異母弟(景公《けいこう》)を立てて、実権を握るという事件が起こった。このとき、斉の歴史官が「崔杼、其《そ》の君《きみ》を弑《しい》す」と事実を記録した。なお「弑す」とは、「身分の下の者が上の者を殺す」ことをいう。

具合の悪いことを書かれて怒った崔杼は、その歴史官を殺した。殺された歴史官の弟が兄の後を継ぎ、また同じことを記録したので、歴史官はこれも殺した。すると、その下の弟がまた同様に記録したため、崔杼はこれもまた殺した。こうして崔杼は歴史官兄弟三人を殺したのだが、これでことは終わらなかった。なんと三人の兄の死にひるまず、さらにもう一人の弟がまた同様の記述をしたため、なんとか事実をもみ消そうとした崔杼もついに諦めたと、いうものである。

命がけで事実の記録を綴りつづけたこの歴史官兄弟の話は、記録がどれほど重要なものか、余すところなく物語っている。改ざんや抹消などおよそ考えられないことなのだ。以後、この話は、大小を問わず、記録にたずさわる人々の職業倫理として、記憶されつづけてきたとおぼしい。

記録にまつわる話として、もう一つ興味深いエピソードがある。秦末の乱世、ライバルの項羽《こうう》を打倒し、前漢王朝(前二〇二―後八)を立てた高祖劉邦《りゅうほう》の名参謀で、有能な行政手腕をもつ蕭何《しょうか》(?―前一九三)の話である。

まだ情勢が流動的であったころ、劉邦軍が先んじて秦の都咸陽《かんよう》に入ったとき、諸将は競って財宝庫に押し寄せたが、蕭何はすばやく秦の法律書類や行政記録を押収した。蕭何のこの機敏な措置によって、劉邦は各地の軍事的要塞、人口等々を詳細に知り、以後の項羽との戦いや前漢成立後の政策に生かすことができた。蕭何が行政センス抜群だったことはむろんだが、その功績もまた、彼が押収した書類や記録の記述が正確だったことにもとづいている。

パソコンをはじめ文明の利器がふえても、記録の重要性の認識や、それにたずさわる人々の誠実な倫理性は、けっして失われてはならないものだと、つくづく思う。

(六月十七日)

水をめぐって

七月の初旬から一か月余りにわたって異様な高温がつづき、今年の京都の暑さはほんとうに猛烈をきわめた。八月十六日の送り火を境にようやく暑さも一段落した感があるが、まだまだ安心はできない。猛暑の間、もともと冷房は苦手なのだが、そうもいっておられず、ほとんど一日じゅうエアコンをつけ、たっぷり水分をとって、何とかしのいできた。

ベランダの植木鉢群も朝から「水、水！」と叫んでいるような気はするものの、私自身はぐったりしてとても使い物にならず、連れ合いが毎日、がんばって水やりをつづけた。そのおかげで、花木はこぞって元気に猛暑を乗り越え、緑ゆたかに生い茂っている。

暑さの盛りには水も質より量であり、ゆっくり味わう暇《いとま》もないが、昔の中国にはお茶好きが多く、おいしくお茶をいれるのに不可欠な水質の鑑別にすぐれた名人もいた。北宋の大政治家・大文人の王安石《おうあんせき》(一〇二一―一〇八六)はその一人である。

やはり北宋の大文人の蘇東坡《そとうば》(一〇三六―一一〇一)が、王安石をギャフンと言わせようと、瞿塘《くとう》三峡(四川省)の一つ、巫峡《ふきょう》の下流の水を中流の水だと偽って飲ませようとしたとき、その水を沸かしお茶をいれて飲んだ安石は、たちどころに下流の水だと看破し、蘇東坡を恥じ入らせたという。安石の説によれば、巫峡上流の水の味がキュッと引き締まっているのに対し、下流の味はゆるやかであり、中流の味はその中間だから、飲めばすぐ区別できるとのこと。なんとも大した鑑別力である。

明末清初の文人張岱《ちょうたい》(一五九七―一六八九?)も王安石にひけをとらない水質鑑別の名人だった。たとえば、彼は「禊泉《けいせん》」なる名水を発見したさい、「手ですくって啜《すす》ってみると、ツクツクと硬質で鋭い角があり、めずらしく思った」ので、汲んで持ち帰りお茶をいれると、「汲みたては石の臭みがしたが、三日ほど寝かせると、すっかり臭みが抜けた」(『陶庵夢憶《とうあんむおく》』巻三)と記している。これまた、水を知り尽くした者ならではの含蓄に富む言葉である。

王安石や張岱のような水質鑑別の名人技を見ると、水も高度な趣味の対象の一つであり、その並々ならぬこだわり方には、磨きぬかれ成熟した文化の一つの極を示すものがあると思われる。しかし、近ごろの異常気象のもたらす集中豪雨によるとてつもない大災害など、水はときとして制御しがたい猛威をふるう場合もある。さらにまた、被ばくした人々が一滴の水を求めても得られなかったような、その欠乏による胸ふさがる極限的なケースもある。

昔の中国の文人のように、水を優雅な趣味の対象とするところまではいかなくとも、あとさきかまわず自然を破壊して、山崩れや洪水を誘発したり、一滴の水さえ得られないような、残酷な戦禍をけっしてひき起こすことなく、生きとし生ける者の生命の糧《かて》である水と、おだやかに共存したいと願うことしきりである。

(八月二十六日)

歳月を糧として

いまだかつて経験したことのない猛暑の余韻がまだ残っているのに、朝夕めっきり冷えるようになった。わが家の植木鉢群は暑さや台風を元気に乗り越えて、ユズやキンカンは大きな実をつけ、モミジをはじめ色づきはじめた木々も多い。そうかと思えば、椿や牡丹などは来年をめざし、早くも花芽をつけている。花木は季節の変化につれ、魅力的な風情を見せるが、年月の経過とともに不可逆的に老いてゆく人間は、いかがなものであろうか。

そんなことを思っていた時、つい先日、俳優引退を表明したアラン・ドロンのインタビュー番組を見た。「世界の美男子」アラン・ドロンも今や八十二歳。顔には深い皺《しわ》が刻まれ、紛れもないご老体だが、話しぶりといい表情といい、年輪を重ねた滋味あふれる雰囲気が漂い、昔よりずっといいと感心した。若いころのアラン・ドロンは確かにシャープでとびきりの美男子だったが、いかにも軽い感じがした。しかし、デビューしてから六十年、さまざまな経験を重ね、深みとコクのある芳醇《ほうじゅん》な美酒のような人物に変貌したものとおぼしい。私よりずっと年上のアラン・ドロンのみごとな変貌ぶりを目の当たりにして、こんなふうに年をとれるものなら、老いてゆくのもわるくないと、つくづく思った。

不老長生、今風にいえばアンチ・エイジングは、はるか昔から人間の見果てぬ夢だった。昔の中国の物語や芝居に繰り返しあらわれる、時間を超えて永遠の生命を保つ仙人は、その最たるものだといえよう。さまざまな仙人の姿を描く、前漢の劉向《りゅうきょう》(前七九―前八)の作だとされる『列仙伝』、東晋の葛洪《かっこう》(二八三―三四三)が著した『神仙伝』は、その早い例にほかならない。

ちなみに、葛洪は仙人になるための実践理論を説いた『抱朴子《ほうぼくし》』の著者でもある。この書物によれば、不老長生ひいては不老不死の仙人になるためには、すぐれた師匠について仙薬の「金丹《きんたん》」の複雑な作り方を学び、これを服用しなければならない。ただし、金丹を服用しても、誰もが昇天して仙界の住人たる仙人(天仙)になれるわけではなく、昇天できず、数百年も地上にとどまって生きつづける「地仙」などランクがある、とされる。

という具合に、仙人になるにもきびしい修行が必要なのだが、後世、ひたすらこの金丹を求め、インチキにひっかかってあやしげな薬を飲み、逆に命を落とした例も枚挙にいとまがない。長生や不死を求めて、あたら命を落としていては、まったくお話にならない。

アンチ・エイジングの風潮が盛んな昨今でも、もろもろのサプリやクリームなどが蔓《まん》延《えん》しており、宣伝文句を見たり聞いたりしていると、たちまち若返りできそうな幻想にとらわれがちだが、古くは金丹の前例もあり、そう簡単に事が運ぶわけがない。

老いに抵抗するのではなく、時の過ぎゆくままに老いをすんなり受け入れながら、アラン・ドロンのように重ねた歳月を糧として、日々ゆったり過ごしていきたいものだと思う。


（十一月四日）

お正月と鍾馗

あっという間にお正月も過ぎた。年末は寒さがきびしかったが、ベランダでは紅サザンカが咲き、白梅や種々の椿が無数の蕾をつけた。元気な花木に励まされ、私は例年どおり、棒だらを煮たり、煮物や紅白なますを作ったりして、簡単ながらおせち料理を仕上げた。近ごろは絢爛《けんらん》豪華なおせちが販売されているけれども、手作りの向きもまだまだ多いのではなかろうか。私は九十五歳で他界した母が、九十歳を超えたころ、今のうちに習っておかねばとハタと思いつき、あれこれ伝授してもらい、以来十有余年、作りつづけている。

めんどうくさいと思わないわけではないが、おせちを仕上げると、いつもホッとして、新しい年を迎える気分になり、こうしておせちを作ることも、来たるべき年に備える昔ながらの風習、文化の型なのだろうかと、改めて思ったりする。風習といえば、最近はあまり見かけなくなったが、昔は門松を立てる家も多く、すがすがしい雰囲気を漂わせていた。

所かわれば品かわる。昔の中国では、お正月になると門扉に年画《ねんが》を貼る風習があった。年画の図柄は多種多様だが、ことに多いのは門神《もんしん》(厄除けの神)であり、両開きの扉にはそれぞれ対になる門神が貼られ、一枚扉には鍾馗《しょうき》像が貼られることが多かったようだ。鍾馗は、日本では端午の節句に付き物だが、中国ではこのほかお正月にも活躍するのである。

鍾馗は伝説では唐代の人だったとされる。鍾馗は唐の初代皇帝高祖の武徳《ぶとく》年間(六一八―六二六)、科挙に落第し、悲観の極に達して故郷の終南山《しゅうなんざん》(陝西省)に帰り、なんと石段に頭をぶつけて死んでしまった。その死を悼んだ高祖は彼を進士(科挙合格者)として丁重に葬った。時は流れ、開元《かいげん》年間(七一三―七四一)、第六代皇帝玄宗《げんそう》が瘧《おこり》にかかり危篤状態に陥った。このとき、かの鍾馗が夢に現れて、玄宗にとりついた悪鬼を退治し、先祖の高祖に丁重に祭ってもらったお礼だと言った。おかげで死地を脱した玄宗は、著名な宮廷画家で、鬼神を描くのに長じた呉道子《ごどうし》に命じ、夢にみた鍾馗の肖像画を描かせた。

この鍾馗伝説が長い時を経て民間に伝わり、十七世紀の明末清初に至るや、お正月や端午の節句に、家々で猛々しい鍾馗の像を貼ったり掛けたりして、邪気や悪鬼を祓《はら》う風習が生まれたのだった。この風習が日本に伝わり、江戸時代の末ごろから、鍾馗を五月人形にしたり、近畿ことに京都では、今でも間々見かけられるように、瓦製の鍾馗像を小屋根に置いたりして、魔除けにするようになったという。非業の死を遂げた科挙落第生は、こうして転変を経て、人々を守って邪気を祓う、威力あふれる守護神に変貌したのである。

中国でも残念ながら、今や正月の門神として鍾馗を祭る風習は廃れてしまったようだ。しかし、邪気が蔓延し、うんざりするような事の多い今の世にこそ、盛大に鍾馗を祭って厄払いしたいものだと、手作りおせちを食べながら、思うことしきりであった。

（二〇一九年一月十三日）

身近な人との別れ

いよいよ春本番である。わが家のベランダでも、早咲きのおかめ桜が枝いっぱいに花を咲かせ、しだれ桜や富士桜も今にも咲きそうだ。また、牡丹の花芽はぐんぐん伸び、花海棠《はなかいどう》、ゆすら梅、椿等々の蕾も日ごとに膨らみを増し、眺めているだけで弾んだ気分になる。

これらの木々は今から十年前の二〇〇九年四月、九十五歳で母が他界してから数年の間に集めたものだ。母が他界した当初は痛切な喪失感があったが、それもいつしかやわらぎ、今は逆にいつもいっしょにいるような、穏やかな気分に浸っている。たとえば、自分が年を重ねるにつれ、同じくらいの年齢だったころの母を思い浮かべては、あんなに元気な足どりで歩いていたのに、出無精な私はとてもあんなふうにスタスタとは歩けないなと、ふとわが身を省みたりする。父のほうは他界してから三十八年あまりたつのに、今でもおりにつけて、注意された時の言葉などをふと思いだし、核心をついているなと、感じ入ることもある。いくら時がたっても、父母はこうして私とともに日々生きつづけているのだと思う。

中国の古典詩には他界した父母を歌った作品はほとんど見かけないが、配偶者を対象にした作品には傑作が多い。なかでも異色なのは、南宋の詩人陸游《りくゆう》(一一二五―一二〇九)の「余は年二十の時……」という長いタイトルの七言絶句二首である。陸游は二十歳のころ母方の親類の唐琬《とうえん》という女性と結婚し、仲むつまじかったが、なぜか母が彼女を嫌ったため、短期間でやむなく離縁した。数年後、陸游も唐琬も再婚したが、唐琬はまもなく病気で他界した。

上記の二首は、陸游が六十三歳の時、四十三年前、新妻だった今は亡き唐琬が菊枕(菊花を入れて作った枕)を作ってくれたことを思いだし、彼女への尽きせぬ思いを歌った

ものである。その第一首の第三句、第四句は、

喚《よ》び回《かえ》す　四十三年《しじゅうさんねん》の夢《ゆめ》
灯《ともしび》暗《くら》く　人《ひと》の断腸《だんちょう》を説《と》く無《な》し

（呼びかえすのは四十三年前の夢。ともしびは暗く、この痛切な悲しみをうちあける人もいない。）

と歌う。陸游の唐琬への思いは、老年に達しても薄れるどころか、激しさを増すばかりだったのである。驚嘆すべき思いの深さ、激しさというほかない。

私のように長らくともに暮らし、自然に老いて他界した父母への思いが、時の経過とともに穏やかでなだらかなものになっていったのに対し、陸游は妻と若い時に不幸な別れかたをしたために、彼女が他界した後も満たされぬ思いがのこり、時を超えて激しい悲しみを抱えつづけることになった。

いずれにせよ、身近な人を失った後、人はそれぞれの形で、失われた日々の記憶を心の底に織りこみ、時にまざまざと甦《よみがえ》らせつつ、その後の日々を生きつづけてゆくのであろう。そうしていつまでも忘れないかぎり、立ち去った人々もまた生きつづけるのかもしれない。実はこのところ、たてつづけにゆかりのあった方々が高齢で他界され、時の

流れをしみじみと感じながら、ふとそんな思いにふけったのだった。（三月二十四日）

自分のリズム

今年の春はなかなか気候が安定せず、寒い日も多かった。それが花木には逆に幸いしたのか、四月末から五月初めにかけて、ベランダの牡丹、藤、ツツジなどが一斉に花開き、うっとり見惚れるほどの美しさだった。これらの花木のなかには、毎年は咲かず、一年ごとにゆっくり休息してエネルギーをたくわえ、次の年に備えるものもある。まさにマイペースである。また、一本の木に多くの花が咲く場合、他に先んじて咲くせっかちな花もあれば、もう終わったかなと思うころ、おもむろに咲きだすのんびり者の花もある。

こうして、それぞれみずからの生のリズムに応じて咲く花を見ていると、人もこんなふうでありたいといつも思う。たとえば、人も千差万別、朝型の人もいれば、夜型の人もいる。私は昔から夜型なのだが、定年退職した当初、早寝早起き、爽やかな朝型に転換したいと思い、二、三日がんばってみたものの、すぐ割れるように頭が痛くなってしまった。長年、身体になじんだ生活のリズムに狂いが生じ、バランスが崩れたのであろう。以来、恐れをなして、人はそれぞれなのだから、無理をせず、自分にとって自然な生活のリズムで暮らせばよいのだと思い、夜型にもどって、大過なく元気に過ごしている。

もっとも、他者とかかわりのない家のなかでなら、いくらでも自分流のリズムでやってゆくことができるが、一歩、表に出れば、とてもそんな呑気なことは言っていられない。最近、ことに高齢者の自動車事故が多いが、その原因の一つに、自分流の習慣的なリズムに浸り、自分が瞬時に他者を傷つける凶器に変貌するモノを扱っているという、緊張感の欠如があるように思われる。私は車の運転はできないし、せいぜい自転車に乗るくらいだが、近頃は観光客がふえて、どこもかしこも人がひしめき合い、接触すれば、自転車だって大きな事故を起こす危険があると思うと怖くなり、すぐ降りてしまう。そんなとき、自分流のリズムは封印し、慎重に行動しなければと、焦る自分を抑えるのが常だ。

他者とかかわりのない個人的な時間や空間では、自分の自然なリズムで伸びやかに過ごし、他者とかかわる社会的な場面では、緊張感をもって慎重に行動する。そんな具合に、うまく切り替えることができれば、メリハリのきいた日々を送ることができると思う。

ただ、そうはいっても、ほんとうは緊張するのがだんだんつらくなり、ひたすらのんびり自分のリズムで暮らしたいという思いが強くなる一方だ。私の好きな奇人の一人に阮孚《げんふ》という人物がいる。東晋(三一七—四二〇)初期の人だが、彼は下駄マニアで、集めた下駄に蠟《ろう》を塗って手入れをしては、「一生のうちどれだけ下駄が履けることやら」とのんびりため息をついていたという。こんなふうにゆったり暮らせたらとあこがれつつ、引きこもっているわけにもゆかず、少しでも自分のリズムで暮らせる時間をふやしたいと願うばかり。

(六月二日)

暑さしのぎ

今年は梅雨が明けたかと思うと、たちまち猛暑になった。冷房は苦手なのだが、そんな悠長なことも言っておれず、なるべく穏やかに冷やすよう心がけつつ、なんとか暑さをしのいでいる。ベランダの花木も真夏に花を咲かせるものは少なく、時おり清楚なシロムクゲが咲いたり、四季咲きのヒネムのかわいい花がチラホラ咲いたりするのが目下の楽しみだ。

近年の暑さは猛烈で、日が落ちてもムッとした暑さが残り、夕涼みもできない。南宋の詩人楊万里《ようばんり》(一一二七—一二〇六)が生きた時代では、中国の夏も今よりずっとしのぎやすかったとおぼしく、七言絶句「夏《なつ》の夜《よる》　涼《りょう》を追《お》う」で次のように歌っている。

夜熱《やねつ》　依然《いぜん》として午熱《ごねつ》に同《おな》じく
門《もん》を開《ひら》きて小《しばら》く立《た》つ　月明《げつめい》の中《うち》
竹深《たけふか》く樹《き》密《みつ》にして虫鳴《むしな》く処《ところ》
時《とき》に微涼《びりょう》有《あ》り　是《こ》れ風《かぜ》ならず

(夜になっても暑さは昼間と変わらない。門を開き外に出て月明かりのもと、しばらくたたずんでみる。竹や木々が深々と茂り、虫がしきりに鳴いている。そのとき、風が吹いたわけでもないのに、かすかな涼しさが漂ってきた。)

静かな夏の夜、月明かりに照らされた生い茂った木々を眺め、虫の鳴き声に耳を傾けているうち、ふとかすかな涼感を感じとった瞬間を、みごとに歌った詩である。

楊万里のデリケートな涼感の表現とは対照的に、唐の大詩人李白《りはく》(七〇一―七六二)は五言絶句「夏日山中《かじつさんちゅう》」において天衣無縫、いかにも豪快な消夏のさまを歌っている。

白羽扇《はくうせん》を揺《ゆ》らすに懶《ものう》く
裸袒《らたん》す　青林《せいりん》の中《うち》
巾《きん》を脱《ぬ》ぎて石壁《せきへき》に挂《か》け
頂《いただき》を露《あら》わして松風《しょうふう》に灑《ちら》ばらしめん

(白い羽の扇を動かすのも面倒くさく、青々と茂る林に入って肌脱ぎになり、頭巾も脱いで石の壁にかけ、頭のてっぺんを丸だしにして髪を松風に吹き散らばらせよう。)

昔の中国では、知識人が人前で頭巾を脱ぎ髪を丸だしにすることはタブーだった。自然派の李白はあえて衣服も頭巾も脱ぎ捨て、ひたすら涼しさを求めようとするのである。

現代の町中の暮らしでは、李白のように気ままに涼を求めることはもちろん、楊万里のように風雅な涼を感じることも不可能だ。暑さの盛りには冷房した部屋に閉じこもっているしかないのだが、根を詰めて仕事をする気力もなく、つい手持ちのミステリーを読みふけってしまう。しかし、それも限度があるので、今年は仕事とはかかわりなく、かねがね読みたいと思っていた分厚い本を読んでみようかと思う。毎日少しずつ読み、難解な箇所があっても、東晋の詩人陶淵明《とうえんめい》(三六五―四二七)のように、「書を読むことを好めども、甚だしくは解することを求めず(読書は好きだが、とことんまで理解しようとは思わない)」といった、気楽な気分で一日に二十ページも読めば、一か月で六百ページの巨冊も読み終えることができ、いつのまにか暑い夏もおわっているだろう。などと考えているのだが、さて、そううまくゆくかどうか。暑さしのぎもまったく並たいていのことではない。

(八月十一日)

気の持ちよう

今年の夏も暑かったが、九月の残暑も次第におさまって朝夕涼しくなり、ホッとしたとたん、猛暑がぶりかえして暑気あたりしそうになり、参ってしまった。かてて加えて、十月から消費税が上がり、これにともなってスーパーなどでは自動支払機が導入され、精算のたびに、ボタンだらけの機械と向き合わねばならず、緊張して疲れるようになった。

私は決して機械に強くはないが、極端に弱くもないと思う。しかし、それも家で一人ゆっくり考えながらのことであり、公衆の面前で機械と向き合うと焦って、ついポカをやってしまう。以前、キャッシュカードの使用が始まったころも、慌てて逆さまにカードを挿しこむなど、何度も失敗した。自動支払機も慣れれば簡単なのかもしれないが、ことに高齢者には違和感があり、買い物をするのもおっくうになるのではないかと懸念される。

気候は不順だし世の中はますますややこしくなるし、うんざりした気分になって、ベランダの花木をぼんやり眺めていると、夏枯れで咲いている花は少ないが、代わりに千両、万両、サンザシ、カマツカ等々、いつのまにやら実をつけている木々がふえた。まだ実は青いけれども、やがてこれが紅《あか》くなるさまを想像すると、ふと心が弾む。

私はとりわけ紅い実のなる木が好きだけれども、中国古典詩でよく歌われる紅い実といえば、なんといっても「紅豆《こうとう》」である。紅豆は中国の南方に生える高木で、秋になると、木いっぱいにサヤに入った真っ赤な実をつけるという。盛唐の詩人王維《おうい》(七〇一—七六一)に、タイトルもそのものずばり「紅豆」という五言絶句があり、次のように歌う。

紅豆《こうとう》は南《みなみ》の国《くに》に生《は》え
秋来《しゅうらい》 発《ひら》くこと幾枝《いくし》ぞ
公《きみ》に贈《おく》らんとして多《おお》く採摘《さいてき》す
此《こ》の物《もの》 最《もっと》も相《あ》い思《おも》う

(紅豆は南の国に生え、秋になると無数の枝に実をつける。あなたに贈ろうと多く摘みとってきたが、この物こそ私の思いをあらわしてくれるだろう。)

紅豆は相手への深い思いを示すという言い伝えがあり、それを踏まえた詩である。

秋空にそびえる紅豆のイメージもすばらしいが、爽やかな秋を歌った名詩といえば、まず、中唐の劉禹錫《りゅううしゃく》(七七二—八四二)の七言絶句「秋詞《しゅうし》」に指を屈するだろう。

古《いにしえ》より秋《あき》に逢《あ》えば　寂寥《せきりょう》を悲《かな》しむ
我《わ》れ言《い》うに　秋日《しゅうじつ》は春朝《しゅんちょう》に勝《まさ》る
晴空《せいくう》　一鶴《いっかく》　雲《くも》を排《はい》して上《あが》り
便《すなわ》ち詩情《しじょう》を引《ひ》きて碧霄《へきしょう》に到《いた》る
（昔から秋にめぐりあうと、その寂しい風情を悲しむもの。私が思うに、秋の季節は春の季節にまさっている。晴天の日、一羽の鶴が、雲をおし開いて上ってゆき、たちまち詩情を引き誘いながら蒼穹《そうきゅう》に達する。）

秋晴れの日、白鶴が白雲を突きぬけて、青天のかなたに上って行く。そんな風景を思い浮かべただけで、モヤモヤした煩わしい思いが吹っ飛び、爽やかな気分になる。すべては気の持ちよう。ヤヤコシイことは忘れ、日々すっきりと元気に過ごしたいものである。

（十月二十日）

努力して今夕を尽くさん

今年もあっという間に残りわずかになった。平年より暖かいようだが、もともと寒がりのうえ、年齢のせいか寒さがひとしお身にこたえ、家に引っ込んでいることが多くなった。ベランダも冬枯れの気配だが、今年はユズやキンカンがよく実り、このところしばしば吸い物を作ってたっぷりユズを絞り入れ、香りを楽しんでいる。キンカンはのどにもいいので、もう少し待って黄色みを増したらシロップ煮にしようと、期待をこめて眺めている。

という具合に、いつもと変わらぬ日々を送っているうち、時間はどんどんたち、あと二日もすれば、早くも大晦日だ。子どものころは大家族で、大晦日からお正月にかけては、人の出入りも多く、にぎやかだったが、今は連れ合いと二人だけなので、静かそのものだ。

昔の中国でも、大晦日には大人から子どもまで大勢の家族が一堂に会して、除夜を送るのが習いだった。孟元老《もうげんろう》(生没年不詳)が北宋の首都開封《かいほう》の繁盛ぶりを記した筆記(記録・随筆)、『東京夢華録《とうけいむかろく》』(巻十)に、「(除夜になると)市井の家では、炉の火を囲んで家族が集まり、夜明けまで眠らない。これを「守歳《しゅさい》」という」という記述が見える。

「守歳」を歌う詩も数多くあり、北宋の大詩人蘇東坡《そとうば》(一〇三六―一一〇一)の五言古詩「守歳」もその一つである。全十六句から成るこの詩の第七句と第八句では、

児童《じどう》　強《し》いて眠《ねむ》らず
相《あ》い守《まも》りて　夜《よる》　讙譁《かんか》す

(子どもたちは頑張って、一晩じゅう騒いで夜を明かす。)

と、子どもたちの何の苦もないはしゃぎぶりを歌い、末尾の四句で、これとはうらはらに、作者の寄る年波への複雑な感慨を、苦いユーモアをまじえつつ、次のように歌う。

明年《みょうねん》　豈《あ》に年《とし》無《な》からんや
心事《しんじ》　恐《おそ》らくは蹉跎《さた》せん
努力《どりょく》して今夕《こんせき》を尽《つ》くさん
少年《しょうねん》　猶《な》お誇《ほこ》る可《べ》し

(年が明ければ、新年が来ないわけではないが、心の願いはたぶんかなわないであろう。いざ眠らず頑張って、年越しの今夜を味わい尽くそう。夜明けが来るまでは、なおも一歳の若さを誇れるのだから。)

来たる年にも期待をもてそうにないが、ともあれ、歳が一つ若い最後の時間である、この除夜を心ゆくまで楽しもう、というわけだ。

昔は数えで歳を数えたから、新年になると、いや応なしに一つ歳をとることになる。蘇東坡のこの詩には、無邪気に騒ぐ子どもと引き比べ、歳を重ね、老いてゆくわが身をみつめる悲哀と、気合を入れてそんな悲哀をふっとばそうとする力強さとがせめぎあっている。

できることなら、何事にも積極的に向き合い、寄る年波も軽くいなして、元気に過ごしたいものだが、考えてみれば、今年はほんとうに身近な方々の訃報が多く、大病をされた方もあった。とりわけ自分と年齢の近い方が他界されると意表をつかれ、ショックが大きかった。しかし、めいっぱい生き、「戦士の休息」に入られたのだと思えば、それもまたよしとすべきなのかもしれない。まさに「努力して今夕を尽くさん」と思うばかりである。

（十二月二十九日）

自由な生きかたと現代

温暖化のせいで、例年なら寒さの極である大寒のころも、何ということもなく過ぎていった。二月に入ってからは一転して、骨身にこたえる寒い日もあったが、それも長続きせず、十度を超える暖かい日が多かった。こうした異常な気候に加え、一月下旬から新型コロナウイルス感染症がじわじわと広がり、二年に一回開かれる中学の同窓会まで中止になるなど、不気味な日々がつづく。暖かいために植物も錯覚するのか、ベランダでは毎年三月下旬に開花する早咲きのおかめ桜が、一か月も早く二月下旬からちらほら咲きはじめた。喜んで眺めつつも、花まで狂い咲きするとは、ますますただ事ではないと、空恐ろしくなってくる。

こう暖かいと季節の変化も実感しにくいと思ううち、いつのまにやら三月になった。中国では四世紀初めの東晋以降、江南では旧暦の三月三日に、「曲水流觴《きょくすいりゅうしょう》の宴(曲がりくねった流水に杯を浮かべ、順番に杯をすくいあげて自作の詩をよむ)」を催すのが恒例だった。なお、旧暦三月は木々の緑が深まる晩春である。書聖と呼ばれる東晋の書の名手王羲之《おうぎし》(三〇七―三六五)は、永和《えいわ》九年(三五三)の三月三日、会稽《かいけい》山陰(浙江省)郊外の名勝、蘭亭《らんてい》の別荘に友人たちを招いて宴を催し、このときの詩を集めて『蘭亭集』を編んだ。その序文の「蘭亭序」こそ、王羲之の書の最高傑作と目される作品にほかならない。

王羲之は東晋きっての大貴族「琅邪《ろうや》の王氏」の出身で硬骨漢だったが、堅苦しい官僚生活が苦手であり、蘭亭の宴の二年後、混迷を深める当時の政治状況につくづくうんざりして、かねての念願どおり、官界から引退し隠遁生活に入った。引退後、王羲之はそのまま会稽に住みつき、興のむくまま筆をとり、自由気ままな暮らしを楽しんだ。

また、王羲之には政略結婚ながら相性のいい妻との間に七男一女をもうけるなど、プライベートな面では幸多き生涯を送った。ちなみに、七男王献之《けんし》(三四四―三八六)は父に匹敵する書の名手だった。さらにまた、五男王徽之《きし》(?―三八六)は、型にはまることを嫌った父の性癖を増幅させた奇人であり、魏晋の名士の逸話集『世説新語《せせつしんご》』には、その奇妙キテレツにして傍若無人な言動を記した数々の逸話が掲載されている。たとえば、大雪が降った日、ふと友人に会いたくなって小船に乗り、一晩がかりで彼のもとに到着したが、門まで来ると会わずに帰って来た。人が訳を聞くと、「興に乗じて出かけ、興が尽きたので帰って来たのだ」（『世説新語』任誕篇《にんたんへん》）と言い放ったという話は、その代表的なものだ。

それはさておき、自由を求めつづけた王羲之の書は流麗そのものであり、眺めているだけで、スカッと解放された気分になる。また、彼の息子の気ままな言動もすこぶる面白い。しかし、異常気象や恐るべき病と直面せざるをえない現代では、彼らのように何ものにもとらわれず自由に生きることは至難の業だと、ふと考え込んでしまうのである。

（二〇二〇年三月八日）

解説　自由に生きる

井波陵一

本書は『一陽来復――中国古典に四季を味わう』(岩波書店、二〇一三年)の文庫版である。ただ二部構成であった原本を増補して新たに三部構成としたため、タイトルに「新版」の二文字を冠した。

原本の編集の経緯と内容については井波律子の「まえがき」と「〔単行本版〕あとがき」に詳しいが、岩波現代文庫版『中国文学の愉しき世界』(二〇一七年)の「あとがき」にも次のように記す。

二〇〇九年四月、九十五歳で母が他界した後まもなく、母のことや花木のことなどを中心に書き綴った連続エッセイが、やがて一冊の本にまとまり、『一陽来復』というタイトルで刊行された。本書〔『中国文学の愉しき世界』〕のこの第四部とこの本だけが、あえてみずからの身辺に的をしぼった「私語り」の一幕である。

『一陽来復』の第一部は季節の変化に応じて年中行事や身辺の話題を取り上げ、関連する中国の古典詩を引くという形式だが、もともと『読売新聞』の連載エッセイだったことから気軽に楽しく読める。しかも等身大の世界を詠った作品(白楽天の初恋、蘇東坡の食道楽、陸游のネコ好きなど)を多く選んでいるため読者の共感を得やすく、漢詩に対する古臭いイメージを一掃している。執筆当時さかんに買い集めていた鉢植えの花木が絢爛豪華に咲き誇り、井波律子を絶えず励ましてくれたことも忘れがたい。なお原本は三年分を月ごとにまとめた上で四月から始めているが、新聞連載が一月からスタートしたことに鑑みて、この文庫版では一月開始に改めたことを申し添えておく。

第二部では本所の地図と少女時代の母の写真が目を引く。生まれ育った本所に対する母の思いが通じたのか、『日経新聞』を読まれた明徳小学校の卒業生の方が『明徳開校百二十五周年記念　明徳校友会会報集大成』(二〇一〇年)という冊子を送ってくださった。そのおかげで母が通っていた当時に撮影された小学校の正門と校舎の写真を見ることができ、正門の真向かいにあったという自宅から登校する母の姿を想像する楽しみを得た。また校舎の窓からは、自宅で美容院を営む曾祖母の耳にいつもしっかり届いていたという母の声――「はい、先生! はい、先生!」――が聞こえて来るような気がした。数え六歳の誕生日から清元を習い始めた母の声は、寒稽古で鍛えられただけあって、よく透ったのである(本書一六〇頁)。さらに本所中学校に設けられた明徳資料館に『一陽来復』(単行本版)を収めていただくという幸運にも恵まれた。

第三部「京都・大文字の麓から」は、二〇一四年秋に始まる『京都新聞』「天眼」のエッセイであり、第一部・第二部に続く「私語り」として増補した(鶴見俊輔さんに関する一篇はすでに岩波現代文庫版『中国文学の愉しき世界』に収めているので省いた)。ボブ・ディランのノーベル文学賞受賞を、『詩経』を引き合いに出して断固支持するなど(本書二〇四頁)、井波律子ならではの切り口が面白い。

なお原本の中国語版(『一陽来復――在中国古典詩詞中品味四季』、新星出版社、二〇二一年)も刊行され、「温暖的随筆集(心暖まる随筆集)」と紹介されている。

＊

井波律子の仕事を振り返ってみると、その著書・訳書は四つに大別される。

(一)高橋和巳さんに勧められて始めた共訳の正史『三国志』。次いで岩波新書『三国志演義』などを経て、個人全訳の『三国志演義』。

(二)桑原武夫先生の『論語』執筆のお手伝いに端を発する『論語入門』、さらに個人全訳の『完訳論語』。

(三)鈴木虎雄先生の旧蔵書の端本を手に入れて目を通し、その面白さに夢中になった『世説新語』に関する新書や解説書、個人全訳。

(四) 本書や『読書の愉しみ　井波律子書評集』などにまとめられたエッセイや書評。

(一)については、多くの三国志ファンが小説の『三国志演義』に接してその世界に魅了されたのに対し、井波律子は歴史書である正史『三国志』の精密な読解を心がけた翻訳者としてスタートしたことが注目される。卒業論文で取り上げた『文心雕龍』を皮切りに、三国六朝の文学論・詩人論を手がけてきた井波律子は、当初はむしろ冷静に三国志世界と向き合っており、正史に基づいて、「従来、魏や蜀にくらべてなおざりにされがちな呉についての叙述にも力を注いだ」(『読切り三国志』あとがき)。

転機となったのは岩波新書『三国志演義』である。その執筆の経緯については潮文庫版『読切り三国志』の井上一夫さんの解説に詳しい。一方で『水滸伝』や『紅楼夢』といった他の長篇小説にもおのずと興味が広がり、『中国の五大小説』などを著したほか、『水滸伝』の個人全訳も果たした。ただし井波律子の興味が俗文学にまで広がったのは一九八〇年代であり、その契機となったのは(三)の『世説新語』である。

(二)の「お手伝い」については「桑原武夫先生のこと」(『中国文学の愉しき世界』)に詳しい。表紙にパンダのワッペンが貼られた予習ノートには『論語』の原文のほか、伊藤仁斎の『論語古義』や荻生徂徠の『論語徴』が返り点・送り仮名付きでびっしり筆写されており、周到な準備の様子が伺える。

井波律子の「論語体験」については『論語入門』の「あとがき」に詳しい。『完訳論語』として結実する『論語』の全訳は『水滸伝』の翻訳と並行して進められたが、筆者あてのメール(二〇一五年三月二十三日)には次のように言う。

　ほんと『水滸伝』と『論語』、並行して全訳するなんて、暴挙としかいいようがありませんが、そんなんもありよと、思い切りよく、シャラシャラ頑張りたいと思います。きっとあちらでは、吉川先生が呆れて腰を抜かし、桑原先生が、あの子もようやるわ、と、大笑いしたはると思います。すんません、無謀だけが取り柄なもんで。

「勉強は楽しんでやるものだ」という井波律子の面目躍如と言えようか。もちろん毎日「へとへと」になっていたのであるが。

(三)の『世説新語』には、「人生を変えた『世説新語』——私の世説新語ストーリー」(『ラスト・ワルツ　胸躍る中国文学とともに』)と言うように、非常に大きな刺激を受けている。『世説新語』そのものについては個人全訳という最終目標を達成しているが、『世説新語』に向き合うことから派生して、明清の俗文学に取り組むようになったこともまた一つの大きな収穫であった。デビュー作『中国人の機智――「世説新語」を中心として』の「あとがき」には次のように言う。

なお、『世説新語』を中心とした本書ではふれなかった六朝時代と現代をつなぐ時間帯ごとに明清において、「中国人の機智」がどのように展開されたかを探ることが、今後に残された私の課題だと思っている。

この課題に取り組んだ大きな成果が明末の白話(口語体)短篇小説集「三言」を扱った『中国のグロテスク・リアリズム』である。その「あとがき」によれば、百二十篇の短篇小説から成る「三言」は「宋代以来の練りに練った語り物の伝統を踏まえ、爛熟した明末デカダンスのなかで誕生した、中国的エンターテインメントの精華にほかならない」のであり、この「エンターテインメントの万華鏡」に対して、

子供のころから現在に至るまで、それこそ浴びるように読んだミステリ、これまた子供のころに呆れるほど見た映画等々、(中略)それなりに年季を入れたつもりのエンターテインメント体験が、根本的には盛り場文学である「三言」のエンターテ

インメントの文法をよみとり、そのおもしろさを引き出す触媒になってくれれば、幸いだと思う。

と述べている。「三言」は自身の体験と響き合う胸躍る相手となったのである。さらに欧米の現代思想や現代文学理論まで積極的に投入して「三言」の魅力を説き明かそうとしたことは、それこそ「暴挙」であったかも知れない。しかしその果敢な攻めの姿勢が、愉快、痛快、豪快、爽快といった言葉が次々に浮かんで来る快著を生み出したことも確かである。

(四)のエッセイからは言葉や人物に焦点を当てた著作も数多く生まれた。書き下ろしも含まれるが、言葉に関する著作としては『故事成句でたどる楽しい中国史』『三国志名言集』『中国名言集』『中国名詩集』がある。人物に関する著作は、隠者なら『中国の隠者』、女性なら『破壊の女神』、文筆家なら『中国文章家列伝』、特異な才能の持ち主なら『奇人と異才の中国史』などバラエティに富んでいる。その集大成が『中国人物伝』全四冊であることは言うまでもない。また『中国幻想ものがたり』や『中国奇想小説集』では思いきり夢の世界に遊んでいる。

＊

本書の原本の刊行に際しては、井上一夫さんと奈良林愛さんに大変お世話になりました。また文庫化にあたっては、『中国文学の愉しき世界』『中国名言集』『三国志名言集』『中国名詩集』に続いて、入江仰さんに大変お世話になりました。井波律子との交流に思いを馳せながら随所にきめ細かいご配慮を賜りましたことに対し、厚く御礼申し上げます。古川義子さんにもご助言いただき、感謝に堪えません。

なお解説のタイトル「自由に生きる」は、まだ続くはずだった「天眼」の、思いがけず最後となってしまったエッセイのタイトルにちなんでいます。

二〇二三年七月　原本の刊行から十年の時を経て

（いなみ りょういち／中国文学・京都大学名誉教授）

本書は、二〇一三年三月、岩波書店より刊行された。岩波現代文庫への収録にあたり、二〇一四年一一月から二〇二〇年三月にかけて『京都新聞』に連載された「天眼」のエッセイ(著者執筆分)を、「第三部 京都・大文字の麓から」として加えた。また、第一部にも二篇を増補した(「まえがき」付記参照)。